目 录

1	纸莎草和最古老的纸画
9	结识里卡尔罗
17	世外美髯公
24	揭去伪装的《最后的晚餐》
31	泥泞天使
37	地中海的菜单
45	城市的文物与文化
56	家庭的遗产
63	塞纳河边的中国古董
71	双重的博物馆
79	科隆大教堂
83	萨尔茨堡的性格
98	锤子锤出来的艺术
106	一千年的手工
113	老墙里的宝藏
121	木偶大师艾赫尔

133	又跳又唱又一年
143	阿尔卑斯山的精灵
161	在维也纳买古董之一
166	在维也纳买古董之二
174	在维也纳买古董之三
177	留住昨天
183	别急,哈尔施塔特
192	维也纳怀旧
201	一个画家和一个国家
209	从简朴到简约
215	从圣彼得堡到杨柳青
230	拜谒阿理克
234	冬宫里的会谈
240	费特节没有主席台
249	美国博物馆的中国画
252	老东西
255	最好读的历史书
259	在大阪市立美术馆内的断想

纸莎草和最古老的纸画

世界上最古老的纸画在哪里？

我想，绝大多数中国人都会不假思索地说："在中国！"

但这个回答的来源并非一种史实，而是一种印象。原因有二：一、纸是中国的四大发明之一，始用纸作画者当数国人；二、中国人在元代以前基本上是用帛和绢作画，只有苏轼和文同少数几个人展纸一试，这是读过艺术史的人早已明白的常识。故而中国人沾沾自喜地认定自己是纸画的鼻祖。

其实，早在1898年，考古学家们就从开罗附近法老的墓葬品中发现了绘制精美的纸画。这些纸画距今至少有五千年，也就是五十个世纪！遗憾的是，过惯了幽闭生活的中国人对此却一无所知。

古埃及人这种纸画所采用的纸，与我国东汉宦官蔡伦用树皮和麻布做原料制造的纸完全不同，它是直接取自尼罗河三角洲生长的一种水草，名叫Papyrus，一译纸莎草，一译纸草。这种草丛生着修长的叶子，中间伸出一根根大拇指粗的很长很长的茎秆，最长达五米，顶端开花，状似灯芯草。古埃及人便用刀割下这茎秆，切成一段段，削去绿色的外皮，再将里边甘蔗一般白色的茎心切成极薄的片儿，浸泡在水中；六天之后取出来，用圆形木棍擀去茎片里的水分和糖分，以防生虫，然后把这些薄薄的茎片像编竹席那样编成一片片，放在重物下轧平，

◇纸莎草

便成了一种草制的纸，也称纸莎草纸，或草纸。这种草纸光洁柔韧，富有弹性，纸面上有草茎的纤维经纬交织，非常美观。而且纸莎草纸经过编织与黏接，可以很大。在出土的纸莎草纸中，最长的竟有四十米。它的使用价值也就很高。

古埃及人发明和创造了可以书写和绘画的纸莎草纸，使得他们的文化更加灿烂辉煌。他们的生活、事件、思想、宗教，得以记载下来。历史有了记录，文化有了积累，终于也有了珍贵的文献传之后世。古埃及的象形文字和祭司体文字都必须由一种具有高度书写才能的书记官来完成。这些书写在纸莎草纸上的古代书法，还是美轮美奂的艺术品。同时，富于才华的古埃及人，又将他们画在石壁上、泥板上和陶片上的美丽的图画，搬到纸莎草纸上来。由此而诞生的纸画便成了古埃及艺术最富魅力的形式之一。

◇纸莎草书法

纸莎草纸天然是一种棕色，或深或浅，偏黄偏红，很像我国古画年深日久之后那种颜色，古雅又柔和。古埃及最早使用的书写墨水是黑色与红色。红色如同砖红，黑色相当于中国的墨色，用以勾勒形象轮廓。古埃及的纸画以线描为主，线条中没有情绪，力求勾画准确；线条中间平涂色彩，这些颜料都是

◇纸莎草画《胡奈夫度亡经》（公元前1275年）

使用动植物和矿物的原色,故而绚丽明朗,富于装饰意味,与早期中国工笔重彩十分酷似。还有,他们使用的笔也是用这种草茎削成的,茎秆柔软,因此线条很少尖锐锋利,也缺少中国毛笔那样丰富的变化与表情。然而,艺术总是在限定中创造自

己。为此，埃及的绘画才分外简洁、凝重和古朴。

世界上一切民族的形成、存在和繁衍，都离不开水的恩泽。对于几乎整个被黄沙覆盖的埃及，尼罗河里流淌的全是圣水。蓝幽幽的波涛冲开茫茫沙海，并在它两岸硬生生催发出生命的绿。它不仅给埃及人带来果腹的食粮和遮体的衣棉，还滋养出这种使埃及文明大放异彩的纸莎草。他们的纸和笔全来自这种奇妙的草呵！埃及人感激上苍的这一恩赐。纸画中便常常可以看到被他们奉若神明的纸莎草的形象与图案，连卢克索神庙巨大石柱的柱头，也雕刻着绽开的美丽的纸莎草花……在距举世闻名的吉萨金字塔不远的一家专门制作纸莎草画的画店里，一位年轻的姑娘切断一根纸莎草的茎秆，她让我看看这茎的剖面，竟是三角形的。她说："瞧，金字塔！"她的眸子像星星一般发光，她为这天生如此神奇的纸莎草感到自豪！

古埃及的文化在被阿拉伯人征服后渐渐消失，纸画也随之消亡。直至1798年拿破仑的军队入侵，古埃及的文明才被重新发现并由此惊动了欧洲。一百多年来，随着西方考古学家蜂拥至埃及，发掘法老墓葬，纸画才得以重见天日。但此时它仅仅是珍奇的历史文物，古老的造纸技术却久已失传，世无人知了。

幸亏近代有个名叫哈桑·拉杰布的埃及人。他在1956年5月中埃建交后曾任埃及驻华大使，并与周恩来那一辈领导人情谊笃深。拉杰布对古代的纸莎草纸有特殊兴趣。1968年退休后，他潜心研究纸莎草纸制造技术，并终于找到了古人的方法，货真价实的纸莎草纸重新被仿制出来。他还将古埃及的绘画成功地再现在纸莎草纸上。阔别久矣的纸画重获新生。如今在埃及已经可以买到这种绘制精美、风情别样的纸画了。

公元之始，随着法老时代的结束，纸莎草纸的制造中断了两千年。正是这期间，中国的造纸技术通过丝绸之路传到了西亚、近东和欧洲，其中也包括埃及。古埃及的造纸是把植物直接捶压成纸，中国古代的造纸却是将树皮和麻布漂洗和粉碎，先制成纸浆，再造为纸。在原理上它们的相同之处是，都利用了植物的纤维；不同之处是，一个对原料直接利用，一个分解和再造。应该说，古代人类的造纸有两个源头，分别是埃及和中国。由于古埃及历史中断，造纸技术一度失传，对人类文化的发展则失去影响；中国的历史却延绵不断，造纸技术传布世界。近代世界的造纸原理便源于中国。

尽管古埃及的纸莎草纸非常原始，但它毕竟是人类最古老的纸。那么埃及人画在这种纸上的画，也应该被认为是最古老的纸画了？说到此处，且不知道这种观点，何人和之，何人否之？

1996.8 天津

结识里卡尔罗

这一次由于在佛罗伦萨多住了几天，我喜欢上与阿诺河平行的那几条蜿蜒弯曲又窄仄的古街。我之所以不叫它老街，称它为古街，是因为这几条街上的不少建筑在文艺复兴之前就有了。我住在这儿的这家酒店的建筑是十二世纪的，相当于南宋时期，这在中国不可思议。这地区有点像巴黎的拉丁区和维也纳皇宫后的"一区"，但比起来还古老、还"破旧"，要是在中国城市早用推土机推平了。可是在这些街上一走，确确实实就进入了这个城市的时光隧道，进入了它的历史。

被这些幽暗的老楼夹峙中的街道都是大大小小的石板铺成的，年深日久，坑洼不平，走起路来可要小心，弄不好会崴脚；

便道更是窄得只能容一个人走,如果两人对面走来必须侧一下身,相互让一让才能走过。街上一扇扇老门,全都历尽沧桑,像是各式各样的古董,如果在我们这里,早早就扔掉了,换扇新的,他们却当作宝贝和自己有历史身份的"门面"。其间掺杂着一些店铺,所卖的物品一律是本地独有的手工制作的老东西。皮鞋、陶器、文具、布艺、服装、手工饰品,还有古董。铺面都很小,有的"前店后厂",一边制作一边卖。卖东西的人腰间系着干活的围裙,干纸活的系细布围裙,干皮件的系粗布围裙。店里的客人不多,但全是老店,不知干了多少年。我很喜欢一家文具店,二十年前我在这个店里买过两个细羊皮封面的小本,纸是毛边的手工纸,很有味道;还有一盒古代意大利人使用的各种笔尖,奇形怪状,有几十种。我把本子放在床头柜和茶几上,随手记下偶然间收获的句子,我的散文诗《灵性》中许多句子最初就是写在这本子上的。今天再去,这店竟然还在,于是我又买了两个优美又高雅的皮面小本。写东西的人对空白的本子有种天生的喜爱,尤其这种讨人喜欢的小本。这家文具店只一间屋,十来平方米,家具古老,陈设典雅,一问才知是家百年老店,看来他们不想把自己的店面"做大做强"。他们的收入肯定不多，那么他们求的是什么？

一天晚上我们在这些古街上走过，一家亮着灯的店铺吸引了我们。推门进去，里外两间屋。外边这屋花花绿绿摆着各种待售的纸制品。信笺、纸盒、大大小小的本子，形制多，图案奇特，色彩绚烂。有一种花纸很神奇，好像各种彩色的水在纸面上自然又精美地流动着。我头一次见到这种花纸。里边一老一少在干活。一位年轻的男子走过来与我们说话。他个子不高，肩膀挺结实，标准的意大利人的模样，深陷在眼窝里的眼睛十分明亮；光头谢顶，意大利很多男人年轻时就开始脱发谢顶了，他们不少足球运动员不就是这样的光头吗？

他见我们对他的花纸表现出兴趣和好奇，很高兴，他说这是他这家店手工印制的。他似乎是个性情中人，说得兴奋起来就领我们进了里屋，说要印一张给我们看看。这使我兴趣倍增。

里屋的中央摆了一张沾满色渍的大工作台。台子一边是装着各种色浆的瓶罐，颜色都极其鲜艳，有点像我国民间使用的色精。台子另一边平放着一个石制的染色槽。大约一米长，半米宽，十几厘米高。槽内是一种藕粉状、有点黏稠感的半透明液体。他先用一支毛笔在一个紫色的罐子里蘸足颜色，然后另一只手拿起一根短木棍,在蘸了颜色的笔杆上轻轻地敲,颜色就像雨点一样落入染色槽的液体中。这方法很像我国古代绘画中画雪花的技法。当点状的颜色落入槽中,便一点点化开;由于槽内液体是黏稠的,

◇里卡尔罗在染花纸

又不会化得太快。不等紫色化开,他又往染色槽里敲进一种桃红色,跟着是翠绿色、鲜黄色、橙色与湖蓝色。每一种颜色进去,都会出现一片色彩的奇境。他做这些事时一言不发。不知是工作时必须这样全神贯注,还是故意给我们制造一种神秘感。

当各种颜色搭配成一片绚烂的景象时,他不等颜色相互融合,便拿起一根与染色槽一样宽的木尺,木尺一端有一排细细的铁针,他把木尺上的铁针插入染液中,由上至下一划,染液的颜色即刻发生奇妙的变化,变成极精细的各种颜色搭配的细

线，跟着再用另一种带铁针的木尺由上至下再一划，一种美妙无比、如同上千个孔雀翎般彩色的图案出现了。我们不禁发出惊呼，这男子脸上露出一种自豪的微笑。

随后，他从身后纸架上取了一张白纸。纸的大小与染色槽一样。他将白纸小心又熟练地放在染色槽铺满花纹的液体上，两手捏着下端的纸角，轻轻又缓慢地向外拉出来，染色槽里美妙的色彩竟然全部都跑到了纸上。一张奇丽的花纸居然这样"印刷"出来了。

◇大理石花纹纸印出来了

我们鼓掌，称赞他，也为他助兴，再带着好奇与他一聊，方才得知这男子名叫里卡尔罗。他这门奇特的手艺来自家传。他是第三代。他说这手艺的历史十分久远，源自土耳其，四百多年前——也就是文艺复兴的时候传到了意大利，已经经过了几个世纪，不知道土耳其人现在是否还有人掌握这种传统的手艺，反正在意大利擅长这门奇技的人已经寥寥无多。

◇二百年前描绘这一古艺的版画

我说我想买下这张亲眼看到怎么印制出来的花纸，他很高兴，但是需要一天晾干的时间。第二天我们再来时，继续又聊了聊,不但对花纸的印制有了进一步了解,还知道这种纸叫作"大理石花纹纸"。我们姑且称这门古老的技艺为"大理石花纹印刷技艺"。

然而,当谈到这个古艺的前景时,里卡尔罗并不乐观。他说目前在意大利只有佛罗伦萨和威尼斯少数几个人能够掌握。由于欣赏和珍爱这种古艺的人不是多数,他担心技艺如何才能传承下去。这情况和我在国内做"非遗"保护常常碰到的情况完全一样,情不自禁引起我的关切。现在他父亲还在做——昨天我在店中看到的那位岁数较大的人正是他的父亲。他有孩子,年岁还小,将来是否愿意接过这门手艺就难说了。幸好他有个侄子对这门家传的古艺有兴趣,这是他的希望,他正努力把手艺传给他,同时在精神上鼓励他。

这种传统的技艺在当今的中国称作"非遗",但是西方很多国家并不关心广泛存在民间的"非遗",没有"非遗"名录,也没有政府确认的传承人。它们依然如在历史的常态中那样自生自灭。一位欧洲学者对我说,如果政府来管,那就不是民间的,甚至会走样。民间的规律从来就是自生自灭,应该顺其自然。可是,当一种历时久远的美妙的古艺在不知不觉中悄无声息地消亡了，不是一种悲哀吗？然而，当下我们所干预的民间文化不恰恰是愈来愈没有民间性了？这中间有没有更好的途径？细想一想，里卡尔罗手中这门古艺的意义匪浅，在他们代代相传中，不经意地把文艺复兴时期佛罗伦萨的一种民间生活原原本本地保留到今天。现在，他们更需要的是来自有识之士或政府的外援，还是自己的坚守？这也是我目前百思不得其解的问题。

我从里卡尔罗手里接过那张大理石纹花纸时，请他签个名。谁知他签过名之后却不肯叫我付钱，说签了名就不能收钱了。老艺人们都有自己的规矩，在哪个国家都一样。这使我颇觉过意不去，好像占了人家的便宜，最后想出个主意，多买了他几件花纸做的美丽的案头小品，作为一种变相的答谢。

这次来佛罗伦萨真不错，在重新领略了它种种的经典之外，还见识到一门源自文艺复兴时期奇妙的古艺，结识到一位忠于这门古艺的可爱的传人里卡尔罗。

2017.1

世外美髯公

风光旖旎的采尔湖可谓人间仙境。湖边山上有一个神仙生活的地方,这地方有位奇人,叫作弗里茨。

弗里茨像童话里的人物:头大身短,膀肥腰圆,从又硬又

◇俯视采尔湖

◇大胡子弗里茨很像童话里的人物

宽的皮带上边鼓出一个啤酒肚,两条腿好似两根粗木桩,拳头大得像外边套了个拳套。最精彩的是他银色的大胡子:又大又松又软又密,如果一只小甲虫贪图舒服钻进去,保管一个小时爬不出来。大胡子是他的骄傲。他就凭着这大胡子,去年在意大利的国际美髯公比赛中抱得一个亮晃晃的大奖杯回来。

他最吸引我的还不是绝世的胡子,而是这罕见的仙境,还有他在这里营造的伐木工人博物馆。

当我的向导弗莱第把车子开到他的山上,我被这里的风景惊呆了。远处是蓝天、云彩和雪山,靠近一些是碧湖、白帆和小村庄,脚下是森林、草原和野花。鲜艳、纯洁、透明、宁静,也只有在童话或神话里才有这样的画面。弗里茨就站在这画面里,一握手就把我们拉了进去。

更奇异的景象展现在我面前——

首先是几间粗糙的木屋。屋内屋外琳琅满目挂着各式各样的锯。最长的锯近三米,小的不过几厘米。抬头一看,连屋内天花板上也全是锯。有锯树的,也有锯冰的、锯兽肉的。弗里茨说他这里有一千八百多种锯,我感觉全世界的锯全在这儿了。在人们没有发明锯之前,就用斧头对付坚硬又粗大的木头。他收藏的一把堪称始祖的锯至少有一千七百年的锯龄,上边几乎看不见锯齿了。我想起我写过的一句话:锯最终被木头磨平。

这把锯叫我想到没有牙的老爷爷。

我问他究竟什么原因,使他去收集如此浩瀚的藏品?

原来他父亲整整一辈子都在森林伐木,死后留下许多工具。但现在人们的生活形态改变了,原先使用的工具不要了。这就使他产生了一个奇思妙想：把这些老东西收集起来，再像博物馆那样展示出来，别让祖先的生活消失了。想到这里，他就干起来。他不仅自己的劲头愈来愈大，来参观的老乡们也很有兴趣，主动把家中各种搁置不用的伐木工具，连伐木工人各种日常生活的用具也都拿来送给他。他就依照昔时在阿尔卑斯山上工作的伐木工人的生活方式，搭起一座三角形的小木屋。里边一切布置都严格地遵循生活的真实。连爬山鞋和冰鞋放在哪里，酒壶挂在什么地方，煮饭是何种方法，都一丝不苟地摆放和展示出来。所有的物品没有一件仿制品，全是真家伙。我对其中一把木锁、一件在屋内干活的小型的自动锯和一个可以升降的锅架很感兴趣。这些东西一下子就把古代山民们的智慧与文明十分生动地告诉给我们。弗里茨看到我充满兴趣，他高兴极了，拉着我到屋外去看那些伐木工人使的大家伙。一把一半断在木头里的巨型的锯是他藏品中的"宝贝"。这片断锯深深锯进树中，而且在折断之后又渐渐被蓬勃生长的木头紧紧包裹起来。这真是一个奇迹！他说这是在一千八百米山上的森林里发现的，至少有一千年！于是大自然的威严、森林的雄伟和伐木工人的艰辛，令人震撼！

这时，弗里茨感到他使父亲、祖父以及这大山里祖先们的生活复活了。

历史的复原是一种复活。

他把父亲当年的老照片挂在这木屋里。他在小木屋中会感到，父亲也在屋里。

为了吸引人们来参观，他精心营造这一小片土地。他在草地上架上一块大树干，上边放一把两人拉的大锯，好让人们动手试试身手，感受一下伐木工人天天要付出的力量。他从山上木制的水槽引下清泉，注入一个水池中，水里养着许多鳟鱼，

◇试一试伐木工人要用多大的力气

这也是唯有阿尔卑斯山上才能做到的事。他还在山崖边上放一张木桌，招待前来参观的客人一边饱览这里的湖光山色，一边吃肉喝酒，享受一下山民独有的风味。这里所吃到的熏肉、葡萄酒、白酒，还有加气的啤酒都是他自制的。他又拉着我去他住所的地下室，看他熏肉的厨房，告诉我怎样用锯末来熏肉。他很得意，因为只有伐木工人才更善于使用锯末。至于这里能喝到的冰镇的矿泉水则是纯天然的。山泉原本冰凉，泉水清洌沁人。人造的矿泉水怎么能与阿尔卑斯山的泉水相比？

他把房前屋后各处都栽满鲜花。此地山民的习惯是把各种颜色的花拼种在一起，于是他所收藏的伐木工人的历史就放在这缤纷又芬芳的鲜花之中了。

健壮如牛的弗里茨原是一名开挖土机的工人，如今已经退休。他有些经济头脑。人们来到他这里参观是不收门票的，玩一玩和照个相也一律免费。吃肉喝酒当然要付费。这些收入要作为他这个民间博物馆必不可少的经费。采尔湖是欧洲的旅游胜地，到这里来参观的游人也日日不绝。然而，山民朴实又豪爽，决不把客人付钱多少当作要紧的事。如今，他这个地方在采尔湖地区已经小有名气。不少人都知道，要想了解祖辈上伐木的故事，就得到弗里茨这儿来看一看、听一听。

弗里茨的美髯使他客串过一次电影。他给我看了一张剧照，很大的一张黑白照片上，一个蓄着飞瀑似的大胡须的老汉一脸严肃地站在森林里。我问他演的什么角色，他说是"森林保护神"。

他拿出一本纪念册，请我题词，我在他电影角色的称呼中加了三个字："森林文化的保护神。"

2003.7.14

揭去伪装的《最后的晚餐》

我来到米兰有一个目的,是为了看看揭去"伪装"之后的《最后的晚餐》究竟如何。二十年前,我初到米兰来看达·芬奇这幅举世闻名的壁画时,它正在修复。壁画前边搭着一个坚实的工作平台。三个人在上边工作。一位戴着眼镜、像医生那样穿着长褂的中年女士,两个年轻人。他们正在专注地工作。这项修复工作在当时已经做了十几年。据说工作的进度每天不到一平方厘米。他们要做的是将五个世纪以来壁画表面被氧化和不断附加的层面揭去。

实际上,1498年达·芬奇完成这幅壁画时,它就开始困扰着意大利人。由于当时油画颜料还不成熟,大多壁画都使用蛋彩和湿壁画法,而且各有招数。达·芬奇作这幅画时加入了自己一些实验性的材料（一说胶画法），可是并不成功，壁画完成不久就开始"生病"，干裂、脱皮、剥落。

意大利人当然知道这幅杰作的珍贵，决不会将这幅壁画粉刷一新，找人重画，而是不断地修复、填补、加固、刷保护层。到了十八世纪壁画残损得太厉害了，才将过分脱落的部分进行一次重描，以致画面渐渐面目全非，很难看到达·芬奇原作的精妙，因而被一些人批评这幅壁画完全成了达·芬奇的"赝品"。可是人们又无计可施，它成了意大利人的一个心病。

◇《最后的晚餐》壁画陈列馆正门

直到二十世纪中期，意大利的一些古物修复专家提出一个新的理念，与传统的"整旧修旧"不同，而是"整旧如初"，也就是通过修复，达到艺术品完成时的最初的状态。这项全新的工作尽管有了一定的技术保证，但是还是有风险的，一旦不成功就会毁掉人类宝贵的艺术遗产。经过专家们反复论证，最后决定这样做了，而且是在两件最伟大的壁画上实施。一件是梵蒂冈西斯廷教堂天顶上米开朗琪罗的巨作《创世记》，一件就是达·芬奇的《最后的晚餐》。这种胆大包天的事以前谁也没有做过。担负西斯廷教堂这一工作的卡洛·彼得兰杰利说这是他"一生中内心交战最激烈"的决定。

我曾去西斯廷教堂看过修复好的《创世记》，据说这项修复工作历时九年刚刚完成。我带着疑惑举目望去，它竟然无限完美！他们真的将几个世纪里覆盖在壁画表面黑乎乎的尘污和烛烟除掉，露出壁画原本夺目的光彩，重现米开朗琪罗的魅力与震撼力。但是，《最后的晚餐》与《创世记》不同，它们出自两位不同的画家之手，两位画家使用的颜料不同，米开朗琪罗《创世记》的画面牢固完好，达·芬奇这幅《最后的晚餐》一开始就出了问题，而且一直在破损而修补、修补又破损的过程中。在这些层层叠加的画层中，修复到怎样的程度才算是复原真相？才能找到"本来的达·芬奇"？为此，这项修复工作一开始就不断遭到质疑、否定，乃至尖锐批评，万一把握不好分寸，岂不永远毁掉了这不可再生的绝世的名作？

负责这项工作的C. Marani（马拉尼）先生的担心更有道理，他说：即使修复得再合理，也难符合人们对它"固有的印象"。这"固有的印象"就是人们已经习惯的原先那个半真半假的《最后的晚餐》。

那次，我站在正在修复的《最后的晚餐》面前，举起手中的相机——我想留下修复前和修复中的影像，以便将来对照。意大利的博物馆是可以拍照的，但不能用闪光灯。可是没想到我的相机自动闪光，拍照时雪亮的闪光惊动了工作台上的那位中年女子，她朝我大叫一声，生气地喝止我。我知道自己错了，向她深深地鞠躬致歉。这张照片我现在还保留着。那次是1996年，《最后的晚餐》的修复工作在三年后——1999年才完工。此后，我一直寻找机会想看看修复得是否如愿，但没等着机会。

老实说，这次来到圣玛丽亚修道院看《最后的晚餐》，心中是怀着疑虑的，我怕留下遗憾，我怕与我对它"习惯的印象"不同。

按照这里的参观制度,参观者是分批进入的。一组组人先通过一道玻璃门,进入一个空间,还要等到下一道门的电子门锁自动打开,才得以走进修道院空荡荡的大厅。这便看到远远地展现在一端大墙上的这幅巨作。没有等我细细去端详它、甄别它、研究它,一种只有巨人之作才具有的"伟大的气息"就把我攫住,一种高贵的历史感令我敬畏。在柔和的褐色的基调中,各种色彩彼此谐调,虽然数百年的岁月已经消磨掉原先刻画在人面上的许多细节,但依然使我们感触到耶稣说出"你们当中有一个人出卖了我"时,十二门徒像听到一声惊雷,每个

◇达·芬奇《最后的晚餐》(1494—1498年)

人内心不同的反应。

《最后的晚餐》是常见的宗教绘画的题材,在达·芬奇之前就有很多人画过,之后也有不少人画;但达·芬奇没有像通常那样,直露地画出叛徒就是犹大。他从声音传播学的角度,表现"声音击中每个物体"——即耶稣的话击中每个门徒身体——的动作反应,来刻画门徒各自的内心,让观众去识别谁出卖了耶稣。于是,达·芬奇绘画所达到的历史制高点在这幅壁画中充分表现出来了,特别是耶稣的悲悯、忧郁、宽容与宁静,犹然清晰地显现在人物的脸上。

◇《最后的晚餐》(局部)

回想修复前的《最后的晚餐》，画面上那些污浊没了，含混没了，破败感没了，耶稣身上那些后来添加的不和谐的笔触没了。它回到原先的样子。历经几个世纪消磨的达·芬奇的真迹回来了。可是他们是怎么做到的呢？怎么从无数次修补、相互混杂、变质甚至变形的画层中，将真正属于达·芬奇的画层识别出来？除去高端和复杂的新技术，还需要感觉，对艺术的感觉，还有对历史的感觉。如果没有极精准的感觉，多高超的技术也难达到。当然，还有对历史的敬畏，以及坚韧的努力。为此，这一修复工作他们用了整整二十二年。1977年开始，1999年完工。

意大利人恢复了达·芬奇。

这不能不使我钦佩。

2017.1

泥泞天使

去乌菲齐美术馆参观时，我碰到了一个奇怪的场面，市政广场的老宫前聚着一些人，打着一些有黄有蓝的旗子，上边写着一些看不懂的意大利文。还有些人站在宫墙上边头戴帽盔，不知在做什么。从现场看，人们的脸上大都带着一种激动的情绪。待问方知，这是在纪念五十年前的"泥泞天使"。谁是"泥泞天使"？为什么叫作"泥泞天使"？

待问方知，那是1966年的11月4日，连日的大雨使穿过佛罗伦萨的阿诺河暴涨，洪流漫过堤岸迅疾地涌入城市，顷刻间淹没了所有房屋的底层，街道成河，吞噬了这座历史名城随处可见的艺术品。可怕的是洪水还冲进各个博物馆和图书馆，连伟大的乌菲齐美术馆许多艺术珍藏也被吞没。更糟糕的是，洪

◇洪水涌入了乌菲齐美术馆

水从遍布葡萄园的丘陵地带冲过来时，裹挟着大量的泥沙，进入城市后又摧毁了储油罐和输油管，黑色的原油混入滔滔洪水。对于艺术品与图书，泥沙和油污更是灾难性的。无数无比珍贵的文明遗产面临毁灭。两天后洪水退去，佛罗伦萨一片狼藉。单是阿诺河边的国家图书馆就有几万册书籍以及大量地图和文献埋在污浊的泥泞里。但丁的手稿和多纳泰罗的油画也在里边！

当文明受损时，被唤起的一定是文明本身。

几天之内，从意大利全国各地和世界各地赶来许许多多支援者，他们都是志愿者；许多佛罗伦萨市民也把淹在水里的个人财物扔在一边，和外来的志愿者联合在一起展开了一场感天动地的文明大救援。从各个博物馆、美术馆、图书馆以及教堂里的淤泥里抢救受难的历史文物与艺术遗产。来自欧美各国的专家以及专业团队保证了清理工作的科学性。各国不少名人政要也纷纷伸以援手，增强了这个行动的号召力。身在法国的绘画大师毕加索也卖画捐助，因为他更知道这些濒危的艺术品的价值！

今天，乌菲齐美术馆为了纪念半个世纪前世界性文明大救援的义举，特意开辟了一个展厅，展出当年来自世界各地的志愿者现场抢救的照片。这些都是乌菲齐美术馆的摄影师当时拍摄的，记录着志愿者们抢救乌菲齐美术馆的种种实况。从这些照片中可以看到，当时洪水冲入乌菲齐美术馆的门廊，毁坏大量文艺复兴时期的家具、挂毯、雕塑和绘画及修复室里的壁画的惨状。这些都是价值无可估量的艺术珍品。一些照片还记录着人们在用木板清除污水，从坍塌的砖石中搬取雕塑，由泥泞

◇ "泥泞天使"在救援现场

◇ 人们将从泥泞中抢救出的珍贵的图书文献用温水清洗后细心晾干

里细心清理古籍的种种情景。乌菲齐美术馆的资料里这样记载他们救援时的情景——"他们食物短缺,水也很少,在最初几天,几乎没有任何设备,他们不得不在泥浆和污秽中工作,但也没能阻止和放慢他们的工作速度。从黎明到黑夜,没有任何休息……"

他们大多是年轻人。谁也没有统计到底有多少人参与了这场文明大救援,谁也不知道这些年轻的志愿者的姓名与国度。不久前,在一个国际美术馆的会议上,一位美国民间美术博物馆的馆长安妮在演讲中提到自己的一件往事,就是佛罗伦萨发生洪水这件事。那年她十八岁,正在学校念书。她在父亲建议下,跑到意大利参加了这场文明的救援。她说这次拯救人类文明的义举使她受用终身,从而使她懂得什么是"责任",并把"保护"一类的工作看得分外重要。由此人们才知道这位名叫安妮的人是这次大救援的志愿者中间的一员。

当时(1966年11月10日)意大利记者乔万尼在《新邮报》的一篇题为《行动在黑暗与泥泞之中》的文章中,对这些来自他们全国乃至世界各地的志愿者,用了一个美称,叫作"泥泞天使"。天使是从天上飞来的,天使带着爱意——对人间的爱和对美好的文明的爱。而爱文明的本身就是文明,不爱文明的一定是野蛮。难道不应该想想1966年我们对自己的文明做了什么吗?

从这一次,"泥泞天使"这个称号在意大利被留下来了。凡是在洪水发生时有一些自愿的救援者挺身而出,这一个称号都会再一次被响亮地用起来。

2017.1

地中海的菜单

　　如果想从一种食物来认识一个地方的风物与文化，就去法国南部蓝色海岸边的尼斯，吃一盘取自地中海的海鲜吧！

　　这种盘子最小也得六十厘米，大的接近一米。但绝不是什么精工细制，更没有巧手巧做，它只是从地中海蓝绿色的海水中捞出这些海鲜，比如龙虾呀，乌鱼呀，海鳗呀，海贝呀，狼鱼呀，等等，然后用水煮一煮，决不煎炒烹炸，也不放任何作料，捞出来就满满地堆在一个大铁盘子上。下边铺了一层冰，冰冒着气。海鲜又热又凉，非常适口。煮熟的贝壳甲皮赤红如醉汉，煮熟的虾肉蟹肉嫩白如娇娘。只要吃过这种海鲜，这鲜味至少要在嘴唇上挂一个月！随时一吮嘴唇，味儿鲜鲜地还在。我家在津门，近海吃海，常见海鲜。但与地中海的海鲜一比，我这里的只能称作海货。

南部法国人这种海鲜的吃法十分原始。但是他们知道，唯其这样，才见海鲜本色。这红彤彤亮闪闪的一盘，就是地中海奉献给他们的全部精华。而南部海岸那一串珍珠般的城市，蒙顿、尼斯、安提布、戛纳、土伦、马赛、蒙彼利埃等，不都是这辽阔又富饶的地中海养育出来的吗？地中海有多富？吃过这盘海鲜就会知道。每根龙虾的须子里，都可以剥出一根面条似的虾肉来！

于是，这些懂得享受海鲜的南部法国人，自然也就懂得享受生活的至美——纯朴。他们同样只要生活的原汁原味，不加作料，不尚豪华与流行，不向往"高楼平地起"和"夜里亮起来"。一个马赛人对我说，高楼大厦和灯火通明是美国方式。一种暴发户的文化。所以在马赛很少见到玻璃幕墙。如果南部人富了，他们反而更喜欢离开城市，归返乡间。比如搬到圣特罗佩（St. Tropez）去，那里的窗子全部面对大海，窗框中终日是一片温和的蓝色。除去蓝色一无所有。偶尔才会有一种黄嘴灰翅、白肚黑尾、胖胖的海鸥落在窗台上，隔着玻璃傻傻地向屋里看。那便是地中海送来的问候了。

大自然对人的恩赐,无论贫富,一律平等。所以南部人对大自然,全都一致并深深地依赖着。尤其在大地田野上,上千年来人们一直用不变的方式生活着。种植庄稼和葡萄,酿酒和饮酒,喂牛和挤奶,锄草和栽花;周末去教堂祈祷和做礼拜,节日到广场拉琴、跳舞和唱歌;往日的田园依旧是今日的温馨家园。这样,每个地方都有自己的传说,风俗也就传衍了下来。

◇马赛大教堂前表达圣母慈爱的石雕

最能展示这种乡间风情的便是周末的农艺市场。这一天，人们总是把自己手工制作的食品、器具和手工艺品用车拉到市镇上，在大街上临时摆起一个集市。蜂蜜、面包、斧头、木桶、草帽、陶器、台灯、烛碗、糖果、雨伞、钟表，以及各式各样的摆件与壁挂等，五花八门，应有尽有。他们出售这些物品的同时，彼此之间也买也卖，保持一种原始的以物易物的交换方式。这些日常用品，又是他们的生活艺术。应用物品的艺术化是他们的传统。每个地方器物的造型、图案、色彩，都带着他们独有的地域印记，以及那里诱人的风格与魅力。比如普罗旺斯的陶瓷全是黄色的。黄得像蛋黄，鲜亮又芬芳。可是只要一离开普罗旺斯，马上就再也看不到这种黄澄澄的陶具了。

在这种集市上，还能结识到一些很独特的民间艺术家。一个周末在艾克斯，我们碰到了一位"树叶画家"。她的"独门绝技"是用树叶作画。她使用当地特有的奇形怪状的树叶，画上一些乡间生活画面。她画的是油画，笔触细小，很精心，又很稚拙，颇有乡土的味道。大画家画不出这种乡土味。民间的味道只能来自民间。她说这一招绝技是她自己创造的。每逢秋日，树叶纷纷落下。每片落叶都很美丽，也很可惜。为什么不画上图画，把它保留下来呢？于是她的艺术生活就开始了。这个南部女子的艺术，缘起一种对自然的深情，听起来挺动人。

传统、民间、历史和大自然都是生活之本。当整个世界都陷入声光化电的现代生活，法国的南部人却依然故我地守在生活史的源头。故而，在南部可以看到更多古老的民间文化，以及那种世代传承的民间艺人。比如那些耍木偶的，演奏"音乐车"的，剪纸的。有一种很古老的剪纸，属于肖像剪纸。在照相术发明之前，从宫廷到民间都很流行。它靠着对轮廓线上的个性细节的把握和强调，就能将人物神气活现地"剪"出来。这种神奇而古老的剪纸如今在南部大小城市的街头还能见到呢！然而，这些传统的艺术并非以其"民族特色"去招徕旅游者。它们依然是南部人一种活着的自恋的文化方式。

法国南部的边境线就是一条海岸线。

驱车在沿海的公路飞驶，向西穿过小小的摩纳哥，便是意大利；向东一直可以抵达西班牙。无论向西还是向东，车窗上总是有一面，好像平贴着一块蓝色的透明的塑料板。多情的地中海紧紧跟随着我们。为此，南部人给海岸一个爱称，叫作"蔚蓝海岸"。任何人瞅着万顷碧蓝的大海，脑袋里都会不绝地

◇这些磁吸全是他的作品

跳跃出非世俗的奇想。所以不少画家都离开了世事纷纭的大都市,来到这里,向大海索取灵性。比如夏加尔、米罗、马蒂斯、布洛克等。大海促成了一大批大画家。它让艺术家心灵发狂,情感燃烧,想象奔驰。更重要的是,它放纵了南部人的精神。在法国,像尼斯一带圣保罗旺斯那样飘着油画颜料气味的"画家村",大概只有南部才有。

地中海不仅给法国人以丰美的海鲜,还有浪漫的精神。法国南部给我最深刻的印象是:生活的守旧与精神的浪漫——奇

◇毕加索的一幅小品

妙的统一！

　　有人把浪漫解释为性的开放，这真是天大的误解。浪漫是针对束缚而言的。人的最大的束缚是自己创造的历史与人文；浪漫则是让天性钻出历史与人文的缠裹，自由自在地放任一下。

2001.7

城市的文物与文化

——法国文化考察随笔之一

有一种说法：到美国去看新的，到欧洲去看老的；还有一种类似的说法：在美国想未来的事，在欧洲想历史的事。如果世上的任何道理，都是在讲事物的一个侧面，我看上边的说法没错。欧洲的名城全都浓浓而优美地充满着历史感，尤其是雅典、罗马与巴黎。

巴黎的历史感，并不仅仅来自埃菲尔铁塔、凯旋门、卢浮宫和圣母院。那是旅游者眼里的历史，或只是历史的几个耀眼的顶级的象征。巴黎真正的历史感是在城中随处可见的那一片片风光依旧的老街老屋之中。

在这里，墙壁差不多全老化了，斑驳、脱落、生苔，并被

◇著名的卢浮宫走廊,十分典雅、柔和与高洁

大片簇密又婆娑的常青藤覆盖；阳台上美丽的铁栏大多锈红；铺在地上的方形石块也已经磨圆，走在上边更像大鹅卵石；那些石头台阶仿佛睡了一夜的枕头那样，中间部分生生地被踩得凹陷下去；又窄又弯的街巷，很少阳光通明，而总是被斜射下来的光束切割得一段明媚而灿烂，一段塞满黑黑的阴影。可就在这阴影里，常常会埋伏着一家老店，是面包店、酒店、鞋店，还是书店？咖啡店总是香味四溢，店铺门上书写的年号只有在历史书上才能找到。至于店里陈设的瓷盘、画片和早年的遗物等，就是这家老店独有的迷人的见证了。

不要只用旅游者的眼睛去看，找一位这街上的老人聊一聊，也许他会告诉你毕加索曾经常和谁谁在这里见面，莫泊桑坐过哪一张椅子，哪一盏灯传说来自凡尔赛宫或爱丽舍宫，当然最生动的还是那些细节奇特的古老的故事。这时，你会忽然明白，巴黎那浩大而深厚的文化，正是沉淀在这老街老巷——这一片片昔日的空间里，而且它们不像博物馆的陈列品那样确凿而冰冷，在这里一切都是有血有肉，活灵灵的，生动又真实，而且永远也甭想弄清它的底细。如果这些老街老巷老楼老屋拆了，活生生的历史必然会失散、飘落、无迹可寻。损失也就无法

◇卢瓦河边一个小镇上的古街,饱含着历史的原汁原味

弥补！

从城市保护的角度看，文物与文化不是一个概念。

文物是指名胜古迹。它们多是历史上皇家与宗教遗产中的精华，显示着一个城市文化创造的极致。自然是首要保护的。

◇圣米歇尔山

文化的内容却广泛得多,更多表现在大片大片的民居中。它是城市整个生活文化的载体,也是城市真正的独特性之所在。就好比北京的城市文化特征不是在故宫,而是在胡同和四合院里。但要保护起来并非易事。

记得与一位文友在电视上谈城市保护时,这位文友说:"北京比天津古老得多,也经典得多,紫禁城、天坛、雍和宫、颐和园,天津有吗?要保护首先是北京。"显然这位文友把文物与文化两个不同意义的事物混淆了。文物之间可以划分品级,文化之间却是完全平等的。各个民族、地域、城市的文化都是自己一方水土独自的创造,都是对人类多元文化的一己贡献。失去了自己的文化,就失去了自己的个性特征,乃至一种精神。从文化整体上说,也就失去了其中一个独特的文化个性。

然而,巴黎的过去和我们今天一样,也经受过现代化的冲击。特别是五六十年代,高楼大厦要在巴黎市中心立足,成群的汽车都想在老城区内冲开宽阔的大道。老城区的街道狭窄,房子的设施陈旧,卫生条件差,供电不足,从实用的角度完全有理由拆掉和另建新楼——这些理由被房地产商们叫嚷得最凶。现在使我们为之倾倒的古老又迷人的沃日广场,在当初差不多已经被宣布了死刑。尽管法国最早的城市保护法颁布于1913年，但受保护的数万座建筑都属文物，没有民居。1943年以来的保护法规定有了进步，开始注重文物的"历史环境"，名胜古迹方圆五百米之内的所有民居建筑都受保护，但从民居的角度看不过是沾了名胜古迹的光，并没有独立的民居的保护条例。这由于名胜古迹是一座座建筑，比较好保护；民居是一片片城区，而且其中良莠掺杂，产权分散，很难规划。世界上无论哪个国家，城市保护的最大问题都不在名胜古迹而在民居方面。那么究竟是谁把巴黎这大片大片的老屋老街原汁原味地保护下来了？

是巴黎人自己！是他们在报上写文章，办展览，成立街区的保护组织（如历史住宅协会、老房子协会等），宣传他们的观点——这些老屋绝非仅仅是建筑，这些老街也绝非仅仅是道路，它们构成了"历史文化空间"。巴黎人的全部精神文化及其长长的根都深深扎在这空间里。而且这空间又绝非只属于过去。在文物中历史是死的，在这文化中历史却仍然活着。从深远的过去到无限的未来，它血缘相连，一脉相承，形成一种强大和进展的文化与精神。割断历史绝不是发展历史，除掉历史更不是真正地创造未来。因此，他们为保卫这空间而努力数十年。如今这些观点已经成了巴黎人的共识。巴黎已经有了清晰的民居保护区和严格的保护民居的法规。特别是1964年法国建立了"文物普查委员会",对本土的文化资源进行彻底又细密的清点,具有历史文化价值的民居便进了国家文化遗产的视野之中。这些,在阿尔斯纳尔馆——巴黎城市规划展览中心的彩色图表和电视屏幕上,都会一目了然。在保护区内,老屋老街享有和名胜古迹同样的待遇。即使维修老屋,也必须获得政府有关部门批准,尤其临街的老墙是大家共享的历史作品,不准损害分毫。而这些老屋的房主们还会得到政府的经济补贴。一位巴黎人骄傲地对我说:巴黎到处是工地,但不是建新的,而是维修老的。为此,在这里官员们为了赢得选民们的票数也要大唱保护主义的高调,取悦于选民。当保护城市文化的愿望已经成为一种自觉而顽强的民意,谁还会为巴黎的文化操心与担心?如果再去问"难道巴黎人不想舒舒服服住上现代化的大房子",岂不是可笑的吗?

我思考着我们与他们的距离。

刚到巴黎的第一天。主人从机场接我们去旅馆。天色很晚,车子穿过华灯璀璨的夜巴黎,一头扎进一条漆黑的窄巷,停在

◇巴黎拉德芳斯的现代铜雕《大拇指》

一家小旅店的门洞口。待进了店，店员不叫我们把箱子放进电梯里。因为这种六十年代以来装配在老房子里的电梯最多能乘载两个人。我们只能提着重重的箱子沿着旋转的铁梯爬上三楼，而卧室又小又斜，其中一个墙角尖尖的大概只能立一把扫帚。可是推开卫生间的门，里边却是意外的漂亮舒适，设施十分先进。第二天醒来转转看，才明白这座旅店原来考究至极，家具全部仿古。整座楼处处都陈设着古老的艺术品。推开窗是一个很小的天井，上边红瓦蓝天，四面墙爬满青藤。此时天已深秋，叶子半绿半红，图画一般美丽。一扇扇窗子镶在其中，窗框漆着白漆。我忽然生出一种错觉——会不会哪扇窗子一开，邦斯舅舅或娜娜伸出头来？

第二天一早，我的主人来旅店见面就问我："这旅馆怎么样？习惯吗？"

"很美。应该是典型的巴黎吧！"我说。

我的主人听了特别高兴，而且整整一天都十分愉快。这便是巴黎人的观念，也是他们的一种情感——他们为自己生活在其中的文化而骄傲。我还想听听她于此再说点什么，但一忙，没有往下说。后来我遇到一位城市保护专家，一句话把我的思考引向深入:"城市的精神重于它的使用。"

除了巴黎人,谁还会这样想? 我们?

1999.11.20

家庭的遗产

——法国文化考察随笔之三

在巴黎，我和建筑历史学家罗叶关于城市文化问题的交谈被安排在他的家中。待到了他家，才知道这是一个别具匠心的"设计"。

他的家在位于市中心一座老公寓楼房的顶层。这种阳台上有着精致的铁栏与华丽牛腿的四五层连体式的老楼是巴黎的特色。推开厚重的大门，照例是大理石包墙铺地的门厅，楼梯旁边一架窄得只能容下一个胖子的小电梯，大都是六十年代后添加的现代设施——因为老楼里只有这么一点空间可以利用。在我乘着电梯慢悠悠地上升时，忽想这肯定是罗叶先生在现身说法，向我展示巴黎人以怎样值得自豪的方式来保护他们的老楼吧。有时,伟大而高深的理论不如一个生动的范例。更何况这范例就是他本人。

然而,更叫我感兴趣的是,他客厅的陈设与家具差不多全是1840年的老东西。从沙发和茶几到壁炉上的座钟、瓷器、油灯、铜雕,以及墙上的画。他说这幢楼是1840年的,所以他给这客厅配上的东西也是1840年的。他很注意收集那个时代的物品,因为他非常喜欢那个时代的风格。我想,也许他是建筑历史学家,所以更喜欢营造一种历史的空间。我指着墙角一把满是裂痕、很古朴的小椅子说:"它可能更古老一些吧。"

罗叶说:"对。这是我家庭的遗产。"他的神气挺得意,也很庄重。

这使我的思维一下子蹦到另一件事上。两年前,我曾到一位年轻朋友的新居祝贺他的乔迁之喜,屋内一切都是崭新放光。我问他原先家中那些老家具呢,尤其是一件大漆彩绘的屏风,古韵盎然,极具风韵,给我的印象很深。不想这个朋友笑着说:"原先那些旧东西和这新房子不配套,全不要了。你说那屏风呀,没想到竟卖了一万四千块。我这套意大利真皮沙发就是拿那玩意儿换的。"我如挨了一棒,更像是卖了我的宝贝。

◇枫丹白露宫内精美的物品全都保护得十分完好

◇雨果的客厅充满东方的气息,中央挂着中国宫灯,墙上有龙有凤

事后我写了一篇小文章，发表在青年刊物上，题目是：咱们每个人都保护好一点老祖奶奶用过的东西！

前边所说罗叶的那把小椅子，在欧洲可不是个别和新鲜的例子。欧洲人把遗产看得很重要。遗产一词源于拉丁语，意思就是"父亲留下来的"。它有物质（财富）的含义，也有精神（财富）的内容。这就像我们家中相册里那些父母以至祖上的老照片。照片上留下的记忆总是大于照片本身。它延长我们的人生，巩固着我们的生命积淀，时时焕发着我们的生活情感，然而不单是照片，其他旧物，也一样是过往岁月年华实实在在的载体。可是，面对着这些陈旧又沉默的遗物，人们往往就缺乏文化的悟性了，甚至纯粹把它们当作了一种物质性的家产，单一地用经济眼光去衡量它的价值。如果它残破了，褪色了，过时了，便把它处理掉。

于是，我们的家庭很少有历史印痕。或者说，虽然我们自豪于自己数千年的历史文化，在我们每一个人的家庭里却很难见到遗迹。过去由于穷，能卖的早都卖了；现在由于富，赶快弃旧换新。

这里边，有一个对"旧"的思辨。

◇卢瓦河边的舍农索古堡的老井,已有六百年历史,却依旧可以使用

东西旧了,以旧更新,原是万事万物的规律。这里边还蕴含着发展与进步。然而,在农业文化中,旧的含义便遭到分外的贬低。农业以一年四季为一个生活周期。每每完成这一轮,便进入一次新旧的交替与更迭。生活,包括一切企盼与希冀,就立即从旧岁跳入新年。对新事物渴望的反面,便是对旧事物的厌弃。所以,每逢春冬之交的年的全部意义,就是除旧和更

◇当年达·芬奇住过的古堡,如今一切如旧

新。在这种农业文化滋育中，便生成了一种厌旧心理。旧，只是一种过时，一种多余，一种废置——人们总是站在相反的立场来看待旧事物，排斥旧事物，并予抛弃。是不是由于这个缘故，我们家庭的历史就像田地里的庄稼那样年年入秋便连根锄掉？能看见的只是当年的新苗新穗？

其中的关键是我们把遗产过于物质化了。如果只把它当作一种物质，我们就会随心所欲地处置它；如果也把它视为一种珍贵的精神，我们就会永远守卫着它。以它为伴，以它为荣，甚至把它作为生命的并不次要的一部分。

那么家庭之外人们共有的文化遗产——城市历史呢？如果遇到的也是同样的处境，我则找到了我一直所关心的问题深远的根由。

1999.11

塞纳河边的中国古董

无论在世界任何地方,我都会留意有没有中国的古物。一件古物背后是一片浩阔的历史。而古物流落在外,它还证实着久远之前一个跨洋过海的联系。这种未知和遥远的联系十分诱惑我。

在巴黎,可以碰到的中国古物实在太多。无论是国家博物馆的展示,还是个人家庭的收藏。一个文明国家的标志便是公众对文化的热爱。我在巴黎居住期间,恰逢小宫举办中国古物展,展出近二十年出土唐前文物的精华,包括闻名于世的兵马俑。我看到参观展览的人挤满入口大厅。有一个法国女孩用铅笔和小本抄写一件西周大鼎上如同天书一般的铭文,神情认真又执着。这使我颇为感动。

至于法国人家庭的陈设中,常常视中国这个东方古国的艺术以很高的品位。应该说，欧洲人对中国古物欣赏的地方，与华人的"自我欣赏"不同。海外华人喜欢雕龙雕凤的红木家具、五彩大瓶、宝石雕刻、镀银摆金，讲求物品昂贵的材质，崇尚豪华与富丽。欧洲人则偏爱中国人高古而简约的明式家具、素雅的青花、年代久远的民间器物及其稚拙的民间艺术。欧洲向往东方的古老，欣赏古物上遥远的岁月感，以及纯朴的东方情调。他们的价值取向偏重于文化本身。

拿书画来说，海外华人以"名人字画"为荣。欧洲人不知道中国的"名人"是谁，只要画面的感觉古老和有东方味道就好。我们在法国南部的圣托贝去拜访著名的国际基金组织狮子集团的负责人，这对德籍夫妇曾在北京主持汉莎航空公司的培训中心。他们为自己的中国情结找到了一个载体——古物。在北京时，一有机会便逛琉璃厂。现在他们这座依山面海的美丽的住宅内到处摆放着中国古物———律是来自民间的昔时物品。比如南方民居建筑上的雀替，江浙一带千工床上的描金画板、雕花提盒、神像和长杆的烟袋。一概都是这些年来，被我们现代化的大扫帚从民间清扫出来的"历史破烂"。主人知道我十分了解这些物品，请我"指点"其中的奥妙。我却看出，这些物品货真价实。尽管如今北京的潘家园和天津的沈阳道，赝品已然铺天盖地。但这两位对中国一知半解的"老外"识别真伪的眼光却十分锐利。这说明，鉴定古物一靠知识，二靠经验，三靠悟性。这三样中，第一是悟性。首先是对古物的历史感的悟性。

在巴黎可以大面积地看到古物的有三个地方。一是古董市场，二是古董店，三是博物馆。

巴黎的古董市场最著名的是圣东安。规模与潘家园差不多，但多为法国及欧洲的古董。古董市场的格局也是一家家小店小铺与敞开式的摊位。但没有人专营中国古董。中国古董杂混其间。其货源多是一百多年前赴法华人从老家捎带来的。当时作为生活用品，时光匆匆，百年过去，便成了古物。古物是时间创造的。故此现在看最古老的也不过是清末民初的器物。但法国人无法知道它的年代。有时价钱高得出奇，有时便宜得如同清仓处理。我在蒙特厄伊古董市场一个摊位上看到一副抱柱式木刻对联，黑色大漆的板子，螺钿镶嵌的字，信是岭南物品，上边的词句为"红滴墨砚花泻露，绿铺书案树间云"，下款为"维新乙未偶书"。没有署名。大概是书斋主人自书和自用。"维新"款十分鲜见。要价并不高，因为卖主完全不知道上边写着什么，甚至不知对联怎么使用。这明显是百年前华人出海自带的家当。

说到巴黎的古董店，那真是要多高级有多高级。古董店不比古董市场。古董店是专业化的，分门别类，各有专营。有的专卖某一国家甚至某一时代的古物，有的只卖某一流派的画作。这种高级的古董店中就有专营中国古董的店铺。西方的思维方式是解析性的，与东方中国讲求包容性刚好相反。故而，在古董店方面，西方的专业分工很强。分得愈细则愈精，愈有权威性，愈高档，愈可信。不像中国的古董店，"神仙老虎狗"，应有尽有。

然而，这些古董店的价格都昂贵至极。11月初，在埃菲尔铁塔对面的广场上，去参观由巴黎的一些有名的古董店举办的联展。我从中发现一件隋代彩绘木雕菩萨立像，高近二尺，左手有残，但品相极佳，彩绘尤为精妙，使我想到敦煌莫高窟425窟那几尊菩萨。待一询价，我暗暗吐舌。后来，我在一家希腊古物的专卖店，看到一件希腊特有的天使头像的瓦当，标价竟是一千二百美元。前几年我在雅典见到这种古老的瓦当，标价仅为三十美元。差价竟是四十倍。由此可见巴黎古物之昂贵。

巴黎视古物为宝贝，东西一旧一老就保存起来，视为珍宝。要想在巴黎买到便宜的现代产品并不难，但若想"捡便宜"似的得到古物，大概只是一种痴想吧。

一位旅法的雕塑家对我说，奥赛博物馆附近有一家古董店专卖中国古董。这家店几代人接续经营，已有百余年历史，在全欧洲都有名气。去了一看，名不虚传。店中陈列古物，都是"超年份的"，即唐前之物。多为石雕、木雕、铜器、陶俑，甚至还有壁画。这很对我的口味。而且绝无赝品，都是精品。由此可见店主的眼力之不凡。其中给我印象最深的是一件巨型汉代石雕异兽，一个唐代罗汉头像，一组四件南北朝的骑士俑，还有一身北齐的无头菩萨立像，简直就和山东青州龙兴寺出土的那些立佛一模一样。身躯扁平，薄衣贴身，凹凸优美。我敢肯定它出土于山东齐国故地，并是近几年走私出来的。还有那一组骑士俑也一准是新近出土的古物。这店中还有四尊木雕佛像，一阿难，一伽叶，二菩萨，比我还高，彩绘如新，天下罕见。从风格看，当属宋代，几乎与平遥镇国寺的佛像同出一寺。我想，这绝不是二十世纪五十年代以前，洋人们从中国搬去的。但这样巨型的珍贵古物到底怎样瞒天过海运抵这里的？

◇巴黎一家古董店刚刚售出的洛阳龙门石窟古阳洞北魏时期的佛头

这家店主送给我一本印刷精美的画集,是这家店的销售样本,店中这些古物皆在画集中。我忽见首页竟是洛阳龙门石窟古阳洞一尊北魏交脚佛的佛头。这是四十年代被盗卖出去的。我的第一个反应就是要想方设法把这佛头搞到手,送回龙门。心里一急便问价钱。没想到店主说,一个月前已有人以一百二十万法郎买去!我忙问买主为何人,店主笑笑说,一位私人收藏家。我意识到,古董店要为买主保密,古今中外皆

◇近几年被走私到法国的甘肃出土的汉代木马

◇这件随葬木雕品出现在巴黎一家古董店。男女墓主人驾乘巨鸟,翱翔天宇,其浪漫和神奇,绝不低于"马踏飞燕"。此物为汉代之稀世珍品,无疑是近年来出土并被走私者弄出国门的

如此。只好快快作罢。

后来我在一家"中国博物馆",看到了大量中国古物中的精品。不用我去鉴定,每件古物前的说明牌上都把馆藏的时间注得明明白白。一为二十世纪二三十年代,一为二十世纪九十年代,并且写明"自中国香港或直接由中国内地到达此地"。这些古物包括新石器时代西北一带遗址的彩陶,汉代的木雕木马木

凤、汉陶杂技人、唐俑、宋瓷。比起国家文物局年年公布的考古精华，都绝不逊色。有的堪称绝品与孤品。比如木马，远比甘肃博物馆所藏的木马精美，木凤更是从未见过。至于彩陶的器型之奇、体量之大，举世无二。这走私的数量与质量真令我震惊！

我国的文物二十世纪的前二十年，贯穿着被掠夺的历史；后二十年贯穿着盗卖与走私的历史。对于前二十年，我们责怪洋人；那么后二十年呢，我们怨谁？

2001.6

双重的博物馆

有一座博物馆你可以从头到尾参观两次。看的是完全不同的两种内容,受到的是完全不同的两种震动。这样的博物馆在世界上只有一座,就是闻名于世的巴黎奥塞博物馆。

第一次看它的建筑,看它究竟怎样从一座古老的火车站被改造为现代的艺术殿堂;第二次看它展出的绘画,看那些举世皆知的名画怎样连接起光彩夺目的印象派画史。

当然,最好是分开看,你获得的感受就会十分清晰也十分奇特。我就是分两次看的,这因为我很幸运。第一次我进入奥塞博物馆时,是加入一个到巴黎进行城建方面交流的建筑师们的参观团。在整个参观过程中,我强使自己的目光避开那些诱惑我的名画,眼睛死盯在建筑上。这做法使我大增见识。

奥塞的意义首先是在建筑上。

1900年，当著名建筑师维克托·拉鲁克在共和国时代奥塞宫殿的废墟上建筑起一座火车站时，它就已经很像一座艺术殿堂了。宏大的体量，庄重的柱廊，繁复的藻井，还有巨大的镀金时钟和精美的神像，全都气概非凡。1900年在巴黎举办的国际博览会对城市产生了巨大影响。埃菲尔铁塔便是被这次博览会催生的一个"伟大的纪念"。奥塞车站也直接为这个博览会服务，它为博览会载来送去四面八方的宾客，因而成了巴黎的一个豪华的窗口。

但是，博览会之后，时代几经巨变，许多铁路线不再使用，车站渐渐客少人稀，尤其是经过第二次世界大战，车站完全弃置不用。1970年出现了一件非常可怕的事。当时，现代化狂潮正在席卷世界。一位新潮的建筑师勒·考尔布斯埃曾提议将奥塞车站拆除，盖起一座百米大厦！幸亏富于历史情感的巴黎人没有接纳这个现代狂想。随着时光的流逝，奥塞车站渐渐显示出它的历史意义，并很快被列为国家文化遗产而保护下来。

1982年，当它被决定改作一座艺术博物馆时，保护的工作便成为改建中一项首要的内容。博物馆在光线、通道、空间尺度与展区划分上都有特定的要求,还必须使参观者感受到舒适的审美环境。可是别忘了——奥塞车站是文物,文物至高无上,决不能为了服从这一目的而破坏建筑原有的气质、结构与格局。于是这一改建工程,面临一个从来没有过的难题。它必须两面兼顾并两全其美。

在这一具有挑战的工作面前,建筑师米诺·巴尔东等人显露出了才华。他们采用加高地面、建造加层的平台,以及区域分割的方式,将候车厅庞大的空间改造成结构复杂又彼此畅通的展览馆。改造一座建筑要比重建一座建筑困难得多。然而只要我们进入奥塞的展线,就会感到人与艺术品的关系十分舒适与合度。尺度、光线、氛围,都是一流的博物馆所具备的。

同时,米诺·巴尔东他们依然保留着大厅的整体气势。经过精心重修的玻璃拱顶透进的柔和的自然光,正好是馆中的艺术品所必需的。如果留意,可以发现这座建筑原来的金属构架、石柱、拱梁、墙面,全都被有节制又精心地强调出来,以展示这座古建筑原本的特征。那座巨大的鎏金的时钟,仍旧挂在老地方,向人们提醒它的历史,同时使人们感受到昔日的繁华。在奥塞博物馆的地下一层,还设有一个小型的内容独立的展览

◇今日的奥塞博物馆

室,展示着当年改建这座博物馆时的设计原则、理念以及整个改建工程。包括具有历史价值的图纸、照片、独有的技术设计和专用材料。此外,便是奥塞车站遗留下来的一些文物。它给我们一个强烈的提示:对古建筑的改造和开发,首先是对历史不折不扣、真诚不二的尊重。单从这个意义上说,奥塞就值得认真地从头到尾看一次。

奥塞的另一个意义,是它在法国美术史上的重要位置。

法国的美术史是通过巴黎的三座美术馆有序地展现出来的。

古典部分是卢浮宫美术馆,现代部分是蓬皮杜艺术中心,中间的近代部分就是奥塞美术馆。奥塞的展品的上限是安格尔的《泉》,下限到亨利·卢梭的《驯蛇女》。正是在这之间,奥塞成了光耀古今的印象派大师们遨游与驰骋的天堂。

◇埃德加·德加的雕塑《歌剧院小班十四岁的舞蹈家》(1881年)

第二次来到奥塞，我要做的，与第一次正相反。这次我的目光努力避开它迷人的建筑，只看展品。在这种博物馆里最大的快感，是你忽然看到你久已熟悉的作品的原作。早在"文化大革命"末期，一位在日本的朋友寄给我两本画家的专集，一是莫奈，一是德加。在那个文化禁闭的时代，我竟极为意外地收到了。这两本画集成了我精神饥渴时期真正的"美酒佳餐"。我真的把它们翻烂了，因而记得画集中所有色彩的细节以及笔触。此时，见到了这些原作，它们与我心中的记忆撞出火花来。然而，原作与印刷品往往并不一致。一般来说，原作都比印刷

◇莫奈画中的卢昂教堂（1894年）与照片上的卢昂教堂（2001年）

品丰富和微妙得多。比如莫奈的《卢昂教堂》、米勒的《晚祷》、凡·高的《星空》，还有西斯莱的风景和雷诺阿笔下的女人们。不管画册印刷得多精美，也无法传达原作"艺术的真实"。但是有些原作很奇怪，乍一看，它们怎么竟然不如印刷品来得有力？比如莫奈的《户外撑伞的女人》，好像时间久了，原作褪了色，不如画集留给我的印象强烈。可是后来在画店里，我见到一张摄影的画片。那片开满红花的草坡，竟与莫奈这幅画上的风景完全一样。照片拍的是实景，色彩更强烈。我买下这画片，拿去再与原作对照一下。绘画的魅力立时表现出来！当然——绘画比摄影更迷人。绘画的色彩淡，但淡如微风，淡得闲适，淡出动人的诗情。这是在风景照片以及印刷品上绝对看不到的。因为不管多么写实的画作，它都出自画家的心灵。这叫我更加坚信艺术品原作的力量！

奥塞的展品给我的感受绝不止于此。这仅仅是其中一幅画给我的启发呀。

那么这座收藏了数千幅印象派名画原作的奥塞博物馆，它的文化意义多大？

走上了奥塞二层的平台。平台上有两个突出的折角，是用

◇爱德华·马奈《依尔玛·布鲁内》（1880年，局部）

来观景的一个望点。站在这里，既能俯瞰今日奥塞博物馆十分讲究的格局，也可以尽览当年奥塞车站壮丽的全景。它们像一曲二重唱，既是和谐的和声，又能分别欣赏到它们不同而又迷人的美。

世上哪里还有这样的博物馆？

故此，奥塞博物馆门前天天都拥满来自世界各地的参观者。进馆之前至少要用两个小时排队，倘若如上所说——参观两次，那可要排上半天的队呢！

2001.7

科隆大教堂

初见科隆大教堂使我强烈震惊。那是在法兰克福到波鸿的火车上，窗外突然出现一个峭拔尖耸的深灰色的庞然大物，好像一座突兀的石峰，可是一秒钟之间就纠正了这一错觉，是一座无比巨大的教堂，一双峻峭的塔尖刺向天空。火车轰一声驶过，教堂从车窗上一晃即逝，我才发现我被惊得站着。同车的人告诉我，这就是举世闻名的科隆大教堂。几天后我到科隆的蒂特里斯出版社演讲，时间安排在晚餐后，白天就急不可待要看看科隆大教堂。正巧我的德文版《啊!》的翻译者韦荷雅从她教书的地方——马克思的故居坎特尔赶来见我，很高兴为我导游。当我站在这座高处摩天、气势逼人的大教堂面前，还是不断有看山的感觉。它是用特大的石块堆积起来的，每一块石头上都有雕刻，线条古朴又繁复，数不清的神像件件都是古老的艺术珍品，重重叠叠堆垒在它内外直立千仞的高墙上。加上教堂内鎏金镶宝的三王圣龛和嵌满艳丽五彩圣经故事的花玻璃窗，世界上还有几处能与其媲美的如此巨大的艺术宝库？

韦荷雅说，所有德国人都以知道它的历史为荣。它在1248

◇冯先生自绘插图

年奠基动工，足足盖了三百年却未完成。1560年起中断了一段时间，复工后又历时许久，直至1880年完工，完成的大教堂忠实地实现了1248年最初的设计。差不多二十代人毫不犹豫地遵循同一艺术理想，叮叮当当的凿石声在这座城市中响了五六百年，倘若其中一代人改变主意就前功尽弃。仰望这座高达157米巨型石雕艺术杰作，不能不钦佩德国人的民族意志之强。

年深日久，风剥雨蚀，教堂时时都会发生脱落干裂，修补工作便一日也不能停。今天这里支起脚手架，明天那里遮上帆布。教堂后边有个工厂专事修理这一古物。有建筑师、文物修缮专家和石匠。地上堆满石料。修补的石块必须处理旧了，以保持与这古朴的建筑同一色泽与风韵。尽管如今科隆大教堂主要是接受旅游者的观瞻，但他们懂得吸引游人还是靠它的历史和艺术的价值，绝不像都江堰的建筑粉饰一新，把古物搞成仿古物，丧失历史的气息，也毁掉了古迹。

在比利时的根特市，我靠着街头一个古代灯柱照相，并要国际书展主席范登美伦过来合影。

范登美伦是个爱开玩笑的人。

他故意在另一边用双臂推着灯柱，做支撑状，好像我这大个子要把灯柱倚倒。

他说:"我爱护我们的文物。"

如今这照片在我相集里。

它不单记录着范登美伦快乐的性格,还透露出一切包含着历史的事物在他们心里的价值与分量。

在文明人的价值观中,首先是无可估价的精神。

1987.7.18《今晚报》首发

萨尔茨堡的性格

小小的山城中一半以上是游客,怎样从中一眼就辨认出萨尔茨堡人来?我同来的伙伴说,随身带伞的人准是萨尔茨堡人。

这话没错。萨尔茨堡是个阴晴不定的城市。可是它不像巴黎那样——一阵雨把脑袋淋湿,紧跟着拨开云层的太阳又把头发晒干。萨尔茨堡的雨常常没完没了。整整一天把你拦在屋里发闷发愁,转天醒来,它在窗外依然起劲地下着。一条条长长的亮闪闪的雨丝无止无休,无法斩断,本地人称这种雨为"绳子雨"。

一些旅店和餐馆总是在门口备了雨伞。遇到雨的客人们随时可以拿去一用。当你从伞桶里抽出一把雨伞,按一下伞把上的开关,唰地将一块晴天撑到头上时,便会感受到此地人的一种善意与人情。

城中的老街粮食街很像一条巨大的蜈蚣，趴在那里。这条蜈蚣太古老，差不多已经成了化石。天天都有成百上千的游人在蜈蚣身上走来走去，寻古探幽。

且不说街上那些店铺的铁艺招牌，一件件早已够得上博物馆的藏品。连莫扎特故居门前手拉门铃的小铜把手，依旧灵巧地挂在墙上。它至少在一百年前就不使用了，但谁也不会去把它取下来——删节历史。因为最生动的历史记忆总是保留在这些细节里。

这里先不说萨尔茨堡人的历史观，往细处再说说这条老街。

任何老街都不是规划出来的，它是人们随意走出来的，所以它弯弯曲曲，幽深而诱惑。走在粮食街上，我很自然地想起意大利文艺复兴时期的名城西耶纳的那条老街，狭窄又曲折，布满阴影，没有边道；夹峙在街道两边的建筑又高又陡，墙壁上千疮百孔，到处是岁月沧桑的遗痕。

从这条老街两边散布出去的许许多多的小巷，好似蜈蚣又

◇老城景象

细又密的腿。一走进去,简直就是进入意大利了。这长长的巷子,大多在中间都有一个天井式的院落。四边是三层的罗马式的回廊。只有在中午时分,太阳才会由中天投下一小块叫人兴奋的阳光,使人想起卡夫卡对这种意大利庭院一个很别致的称呼:阳光的痰盂。只靠着这点阳光,每个庭院都是花木葱茏,常青藤会一直爬到房顶去晒太阳。

如果从粮食街直入犹太巷,再拐进莫扎特广场,意大利的气息会更加强烈地扑面而来。

那些铺满阳光的广场,那些森林一般耸立着的雪白的教堂,那些生着绿锈的典雅的屋顶,一群群鸽子在这中间飞来飞去。

从中,我们立刻感受到萨尔茨堡一千年政教合一的历史中,大主教至上的权威——他们的威严和尊贵！瞧吧，当年这些来自罗马的大主教们，多么想在这里过着和梵蒂冈中教皇一样的生活，多么想把萨尔茨堡建成"北方的罗马"！

萨尔茨堡不同于奥地利任何城市，与其相差最远的是维也纳。

维也纳建在一马平川的平原上，宏大而开阔；萨尔茨堡建在峡谷之间，狭窄而峭拔。维也纳的主人是哈布斯堡王朝，雍容华贵的宫廷气息散布全城；萨尔茨堡的主宰者是大主教们，神灵的精神笼罩着小小山城。所以，至今我们可以感受到维也纳的开放自由与萨尔茨堡的沉静封闭——这种历史的气氛。甭说城市，连城市的河流也大相径庭。绕过维也纳城市中心的多瑙河，总是给艺术家们很多灵感；但是从萨尔茨堡城中穿过的盐河，却没给人们更多的诗情画意。因此，逃出大主教阴影的莫扎特发誓他再也不回到萨尔茨堡。此后他竟然连一支以故乡为题材的乐曲也没有。

当然，这是历史。

不管历史是怎样的，最终它都创造了城市各自独有的性格。

于是，宗教城市的静穆、大主教历史的森严和独来独往、山城的峻拔与曲折以及本地人的自信与执着，都已经成为今天萨尔茨堡深层的人文美。

当自以为是的美国人把麦当劳建在粮食街上时，他们第一次屈从了这里的文化传统，而把那种通行于世界的、粗鄙的、红底黄字的商标——大"M"缩成小小的、镶在一个具有本地特有的古色古香的铁艺招牌中。

全球文化在这里服从了本土文化，从中我们是否看到了萨尔茨堡人的某些性格？

再往广处说，尽管每年来到这小城中的旅客人数高达二千二百万人，本地人的生活方式却依然故我。他们没有被成帮结队、腰包鼓鼓的旅客扰得心浮气躁，一堆堆挤上去招徕生意。那些事都由旅游部门运行得井井有条。萨尔茨堡是用"电子商务"来经营旅游最出色的地方。人们呢？静静地做着自己的工作，并按照他们喜欢与习惯的方式去生活、娱乐和度假。他们远远地避开旅游景点，不喜欢到那种挤满游客的饭店和酒店去吃饭。因为在那些地方，他们找不到生活的温情与熟悉的气息。

◇广场上的大象棋,是萨尔茨堡棋迷们一显身手的地方

如果想看一看真正的萨尔茨堡人,就去奥古斯汀啤酒屋吧!在那个一间间像厂房一样巨大的木头房子里,摆着一排排长条的木桌,看上去像卖肉的案子。桌子两边是木凳。萨尔茨堡人喜欢这里所保持的传统方式——自己去买酒买肉,洗杯和倒酒。陶瓷啤酒杯本来就很重,盛满酒更重;肉是烧烤的,又大又热又香。在这里没有人独酌,全都是一群人一边吃喝一边大声说话。

如果他们想一个人安静地消磨一下,就钻进盐河边的巴札咖啡店里。这家全萨尔茨堡人都去过的咖啡店,一点也不讲究,但这个城市的许多历史都在这家店中。小圆桌和圈椅随随便便放在那儿,进来一坐,一杯咖啡可以让你想待多久就多久。即使有人说话也听不见。咖啡店的规矩和教堂一样——保持安静。它和奥古斯汀啤酒屋完全是两个世界、两种情调,但是一个传统。

如果想放纵,想连喊带叫,想与朋友热闹一番,就去奥古斯汀;如果想让精神伸个懒腰,想怔一会神儿,想享受一下宁静与孤独,就去巴札。他们一直依循着这些与生俱来的生活感觉,从不改变。他们也看电视,也打手机,也听CD,但离不开他们的奥古斯汀和巴札。

在外地人眼里,萨尔茨堡似乎有些因循守旧。甚至有人说维也纳是"音乐之城",萨尔茨堡是"音乐之乡",挖苦他们是乡下人。但一位萨尔茨堡人骄傲地说,我们这儿的女孩子从来没人骚扰。

在当今世界,很多城市由于旅游业兴旺,当地的人文风气发生骤变。商业扭曲和异化人们的心灵,然而萨尔茨堡人却岿然不动。他们本分,诚实,循规蹈矩,甚至看上去有点木讷,但叫你信任不疑。外地旅客不识德语与奥国的硬币,买了东西,常常将一把硬币捧给他们,让他们拿,他们绝不会多拿一分钱。可是如果在威尼斯和巴塞罗那谁这样做,谁就是傻子。

◇一个萨尔茨堡人在求爱

民风的淳朴来自他们的传统。他们怎么使这传统在利欲熏心的商业世界里不瓦解、不松动?原因其实只有一个:他们深爱甚至迷恋着自己的传统。不要以为他们只是凭着一种传统的惯性活着。在大主教广场上,我看过他们举行的一个非常特殊的活动。一些身穿巴洛克时代服装的年轻人表演着先前的萨尔茨堡人怎么打铁、制陶、造纸、织布,以及怎么化妆、用餐和演戏等等。我问他们为什么这么做。他们说,一方面使人们亲近传统,一方面吸引外来游客。我问他们,是为了赚游客的钱吗?

他们说,没有赚钱的目的。人家来旅游,不只为了玩和购物,更要看你的文化。我们这样做是为了宣传自己的文化。

老实说,萨尔茨堡人生活在一种很深的矛盾中。焦点就是旅游。

他们和任何旅游城市一样,天天都承受着潮水一般的游客的冲击。所有空间都是人头攒动,到处都是挎着背包和相机的陌客串来串去,动不动就举起相机对着他们咔嚓曝一下光。重要的是,生活被全部打乱、打碎。一位当地人说,萨尔茨堡已经不是我们的了，它卖给游人了。

然而，萨尔茨堡人又都明白，这座城市至少一半收入来自这些张大眼睛四处乱看的游人。何况，每当游人们被萨尔茨堡的美镇住，他们又从心底感到十分自豪和满足。

萨尔茨堡人细致、诚恳、敬业，又很会做生意。他们善待每一位客人。每位客人进入这里的旅店，都会看到桌上放着一套"见面礼"。风光画片，旅游手册与地图，一套纪念册，几粒莫扎特糖球，有时还有一顶太阳帽。而为旅客想得如此周到的，

◇各式各样的小商店随处可见

不仅仅是旅店,还有餐馆、剧场、车站和各个著名的景点。他们抓住任何一位游客,让人充分享受到这里的精华。关键还是由于他们真正懂得自己家乡的文化之美在哪里。

可是,如果与他们进一步接触,就会觉得在什么地方与他们总有一点距离,一点隔膜。这便很自然地想到,是不是一千年大主教特立独行的历史,给这座城市造成了一种封闭?

他们很高兴外来的人喜欢他们的文化,但对外来文化却并无很大兴趣。在城中的画廊里,很少能看到现代艺术,至于美国化的流行文化更难在这里立足。

任何在文化上自成系统的地方,总会以自我为中心。也许正是这种文化上的自我,才使它特色鲜明和不可替代,因之也就更具旅游价值。

我在萨尔茨堡有一位好友,名叫威力。他出生在北意大利的米朗特。十岁来到萨尔茨堡。人说米朗特曾经属于奥地利的蒂罗尔,我却坚信他是意大利血统。他见到朋友就张开双臂拥抱,像要放声唱歌;他脸色通红,仿佛时时都是激情洋溢。他不喜欢别人打断他的话,但他要是激动起来,也无法中断自己的话。然而，这位意大利人却是一位十足的"萨尔茨堡通"。他深知这座城市每一座房子的历史，甚至知道扔在路边每一块有花纹的老石头来自哪里。

历史在史学家手里是一堆可以查证的材料，在民俗学家口中全是能够行走的生命。

他本职工作是铁路局的电气技师。对民俗与地方史的研究则用去全部业余时间。现在他退休了，他说"现在可以用全部生命的时间"了。前几年，州政府颁发给他一枚金质奖章，奖励他对萨尔茨堡的地方史做出的出色贡献，后来别的组织也要向他颁奖，他却说，不要了，一个就足够了。这些事多了会很麻烦。他说："最重要的不是我，而是萨尔茨堡。"

我问他，为什么他会这么爱萨尔茨堡。

他说：因为它的魅力！

好像说一位他视如生命的女人。

我发现这个意大利血统的人激动起来，不但脸更红，而且眼球像通了电，目光灼亮。

后来，我在拜访萨尔茨堡音乐戏剧节组委会时，感受到在情感意义上他们个个都是威力。尽管距离七月底的音乐节还有三个月的时间,所有筹备工作已经紧张地干起来了。在一座剧场里,人们正在吊装巨大的具有抽象意味的彩绘幕布。音乐节时,这里将上演莫扎特的歌剧《后宫诱逃》。他们正在加紧制作布景和道具。

◇2006年萨尔茨堡音乐节的节目单

已经有八十多年历史的萨尔茨堡音乐戏剧节是闻名于世的艺术节。他们既有一百米宽和三十米高超大舞台的现代剧院,也有三百年历史的岩石骑术学校剧场。届时萨尔茨堡将有二千五百个临时性工作人员，为来自世界各地的二十万观众服务。他们年年如此。

这位艺术节组委会的负责人对我说："我们要让每一位客人都爱上萨尔茨堡。"

这话叫我吃了一惊。他不是在说大话，他说得很真诚。但叫人爱上一个城市是不容易的。如果你有这个想法，一定是你自己已经深深爱上它了。

可是，一个城市是否真正强大，正是来自这个城市的人对它的爱。这种爱源于自信。而最深层的自信来自它独有的不可取代的人文和对这种人文的理解。

我喜欢黄昏时分在城市中散步，穿行于那些迂回辗转、交错不已的老街老巷中。此刻，古老的房屋全成了高高低低群山一般的剪影了，寥落的街上已经晦暗模糊。只有那些伸向天空的教堂鎏金的顶子映着夕照，闪耀着光辉。一些设在道边或街角的露天咖啡店桌上的蜡烛已然点亮。近处一个教堂的钟声方歇，远处一个教堂的钟声又起。忽然一阵钢琴声从前边的街角像一阵风似的吹来。

◇家庭的音乐课

我感到了萨尔茨堡人对他们的传统与文化的一种依赖。

我不想评论这种依赖是耶非耶,但我却清晰地触摸到它的性格,它结实、执着、独立和富于魅力的性格。

2003.7.28

锤子锤出来的艺术

当你走进萨尔茨堡最著名的粮食街,第一眼就会为它千姿百态、古色古香的铁艺招牌所吸引。这些招牌是粮食街美丽的象征。

逢到节日,你必定会看到一位穿着节日盛装——本地民族服装的男子从街上走过。他右边靴子的装饰有点奇怪,上边系着一排小铃铛,走起来就叮叮叮有节奏地响着。

你决不会把这个脚上系铃铛的男子,与街上铁艺的招牌联系起来,但本地人却无人不知这些招牌多半出自这个男子之手。

他就是铁匠尤瑟夫·威伯,今年六十一岁。他的铁厂也在粮食街上,门牌二十八号。

萨尔茨堡人都很注重自己的历史。如果你问他这个铁厂建

◇粮食街上的铁艺招牌,是萨尔茨堡最具特色的一道风景

于何时，他会打开电脑叫你看，保准叫你看了会吓一跳。原来远在1395年这家铁厂就开张营业了，而且就在这座房子里。

你不用怀疑，粮食街不少房子都始建于十三、十四世纪。最早这家铁厂是专门为当地大主教工作的，人称他们是"宫廷铁匠"。他们钉马掌、打造铁艺门窗和各种铁器。但是，那时的铁匠并不是威伯的祖先。七个世纪以来，这家铁厂更换了很多主人。因为一个铁匠的家族只维持三代，就没有后代继承了。断了香火的老铁匠大都把家业留给了徒弟。这样也就保证了这家铁厂的传衍不断……

在这一代代铁匠中，曾经产生过一位名人，就是自行车的发明者卡尔斯伯格·哈森伯格。据说那种前边一个大轮子、后边一个小轮子的自行车，就是在这家铁厂里制造出来的。如果你骑着哈森伯格发明的这辆车子在盐河边的自行车道走一圈，至少需要十多个小时。但那毕竟是人类自行车的鼻祖。十九世纪中期，奥地利银行将这种两轮脚踏车的发明专利买下，并不断改进与更新，人类才拥有了这种交通与健身的工具。

至今这家铁厂还以他们的哈森伯格为骄傲，萨尔茨堡则以这家铁厂为自豪。但不是因为哈森伯格，而是他们的铁艺做得太美妙了。

尤瑟夫其实并不是萨尔茨堡人,他出生在南斯拉夫。二战后与母亲和妹妹一起来到萨尔茨堡避难。他家境困苦,必须早早地参加工作,红十字会就把他推荐到这家铁厂做学徒。他为人诚实、本分、勤恳、自律,受到师傅一家人的喜爱。他十九岁时,师傅病重去世。师母便从十四个徒弟中把他挑选出来,承担铁厂主管的重任。那时,师兄中不少人在资格和技术上都在他之上,这就给他很大压力。但他顶住压力,一边事事都干得出色,一边勤学苦练。他的铁艺水准渐渐超越众人,让大家心服口服。后来,师母辞世时,就在遗嘱上写明他是铁厂的继承人。

然而,他非但没有骄傲起来,反而特制一些小铃铛系在靴子上,总共十六个。有银的,也有金的。走在路上,叮叮地响。他说这是为了叫这铃铛提醒自己,让自己警惕,不要挥霍钱财,不要自以为是,不要弄虚作假,永远要有自知之明。他始终保持着这种严格的自律态度和务实精神,使他的铁厂赢得了广泛的信誉。

铁艺的商业招牌如此密集地出现在萨尔茨堡,大概与这座

◇街头上每一件铁艺都叫人驻足欣赏

城市的巴洛克风格有很大的关系。这里的人们喜欢巴洛克艺术的华丽流畅和精致典雅。但如果做成铁艺就很难。它实在太复杂，而且商业招牌还要鲜明夺目和富于特色。因此，从设计到制作都要求很高。特别是从平面的设计图变成立体的锻铁招牌时，需要铁匠们像雕塑家那样工作。他们要将这些铁条铁板在三千度高温的炉子里烧红烧软，然后用锤子一下一下，把各种繁复交织而层层叠叠的花草、动物与人物锤打出来。可是那粗大又沉重的锤子怎么能这么灵巧？连细致而精美的感觉也能锤出来！

尤瑟夫的铁厂工作范围很广。除去招牌，还有铁艺的门与窗，各种艺术标牌，以及墓地里的十字架，再有就是不断地修补街上那些古老而残损的招牌。但尤瑟夫的标准只有一条，就是过于简单和没有艺术性的绝对不做。

为了做好这些招牌，他从年轻时就到各地博物馆去观摩绘画与雕塑。美术王国意大利是他最向往和常去的地方。由此，他对绘画着了迷，还致力钻研古画鉴赏。如今朋友们倘若买到一幅老画，常常拿来求他鉴定。

个人的艺术修养保证了他铁厂制品的品质。如今欧洲许多

◇圣彼得修道院教堂的铁门,也是一件铁艺杰作

国家，乃至日本、美国的用户都到他的铁厂来订货。

七个世纪以来，他们为萨尔茨堡制作的铁艺招牌无以计数。高悬在粮食街上的形形色色的铁艺招牌，有百分之八十出自这家铁厂。

尤瑟夫说他个人的黄金时代已然过去，他已经退休。他把靴子上的金铃铛摘去了，只剩下银铃铛。如今，他将厂子交给儿子克里斯坦管理。克里斯坦聪明能干，和他一样勤恳，已经能够单独进行艺术设计了，还善于用电脑料理铁厂的一切。他相信这家萨尔茨堡历史最悠久的老店仍像他的儿子一样年轻。

写到这里，你就知道如果你去萨尔茨堡该怎么做了——

你最好能赶上一个星期天或者一个宗教的节日，先在粮食街上转一圈，把那些琳琅满目、风情各异的铁艺招牌好好欣赏一遍。然后站在路边等候着那位右靴上系着小银铃铛的尤瑟夫先生走来。这时你举起相机，咔嚓一声，给他拍一张照片。是呵，他称得上很重要的艺术家呢，要是没有他们，萨尔茨堡就会缺点什么！

2003.7.10

一千年的手工

人间的手艺,不管多么精绝,无人传承就会中断消失。在西方,比如那种用纯金的线与箔片编织的教堂饰物——那些圣

◇逢到民俗和宗教的节日,妇女们依然把昂贵的金帽子戴在头上

龛、供品、装饰，精致绝伦，金光烁烁，高贵典雅。如今在欧洲各大博物馆都可以看到这种手工制作的极其华美的宗教用品，在节日的盛典中还可以看到一些老年妇女头戴着这种手工编织的非常昂贵的金帽子——据说在过去，一顶金帽子值十头牛。古代手工艺的精巧令人惊叹不已。但这一切是否只属于历史？

这种金线编织的手工艺术至少已有一千年的历史，最早出现在意大利。在奥地利，它是从萨尔茨堡修女山修道院开始的。

公元八世纪，意大利的法兰克主教卢佩特来到萨尔茨堡传

◇小天使

教。他在修女山上建造了一座修女教堂,任命他的侄女爱伦茹迪丝为住持,这就吸引了周围地区很多女子来做修女。在那个时代,修女中不少人都是富家的女儿或寡妇。她们有钱,也有大把大把空闲的时间。这种材料昂贵、十分耗时的手工艺就非常适合她们。她们的制作题材都是宗教内容。她们把这种手工艺当作一种行动上的祈祷,自然而然要在其中倾尽自己的虔诚。这便促使这门手工艺术精益求精,走向极致。一种带着中世纪意味的纯金材料的手工艺术就渐渐形成,代代相传,并远播到欧洲各地,并且在各国各地得到发扬光大。

漫长的岁月像河水一样流着,谁也没有注意到这种手工艺正在悄悄衰落。在电视与手机占据我们每天大量时光的时代,修道院里上了年纪的老修女们已经做不了这种必须眼尖和手灵的工艺了,新修女更难把这一耗时又耗资的传统进行下去。历史的退潮往往悄无声息。

最早敏感于这种古老艺术濒危的是一些在博物馆工作的人员。他们知道面对着一种美好的传统行将消亡,只有去抢救。他们的办法是把这种修道院的艺术推向民间。因为萨尔茨堡的妇女向来心灵手巧,喜欢手工,她们编织的各种各样的花环和香料花，很讨外地旅客的喜爱。博物馆决定做这件事。他们举办学习班，推行这种传统艺术。但在萨尔茨堡的修道院里已经找不到擅长这种手艺的修女，他们听说德国巴伐利亚州有一位名叫罗玛的女子，编织金线的技艺十分高超，就聘来作为教师，传授这种在萨尔茨堡几近灭绝的手工艺。

在萨尔茨堡新城区的铁路工人住宅区，我拜访到一位中年妇女。她名叫希尔特·伯尔特纳，已经是三个孩子的母亲。她在罗玛的学习班里只学习了两年，但她拿出的作品已经令人称奇。当她为我们表演将一根亮晶晶的金线编织成一朵极细小和繁复的花朵时，她手指的灵巧不可思议，而且完全像一位高手那样老练和纯熟。

她拿出一份德国老师发给她的讲义。上边单是编制花叶一项，就有数十种方法，而且将这些编制方法画得清清楚楚。从中一方面可以看出这门在修道院寂寞的生活中磨炼出的手艺真是复杂与讲究，另一方面则表现出今天萨尔茨堡人对自己传统文化的认真。

希尔特指着桌上一棵用金线、金箔、珍珠与宝石制作的圣树说，单是材料就要五百欧元。她是一名退休人员的保育员，并不富有。她的住房很小,人和家具挤在一起。她这些用心血完成的"宝贝",也只是放在座椅下窄小的箱柜里。但自己做的精品还是不舍得卖掉。因为她学习这门手艺主要不是为了盈利,而是崇拜这种传统,还有一种对宗教的虔敬。只有心怀这种虔敬和爱心,才会像古代的修女那样,用至少四十五分钟来做一片叶子——这叶子才能和博物馆里的藏品一样优美与精致。

◇希尔特·伯尔特纳和她精制的圣树

她桌上这棵纯金的圣树之繁复,之精细,之绝妙,只有亲眼看到,才会发出这样的惊叹——不可思议!

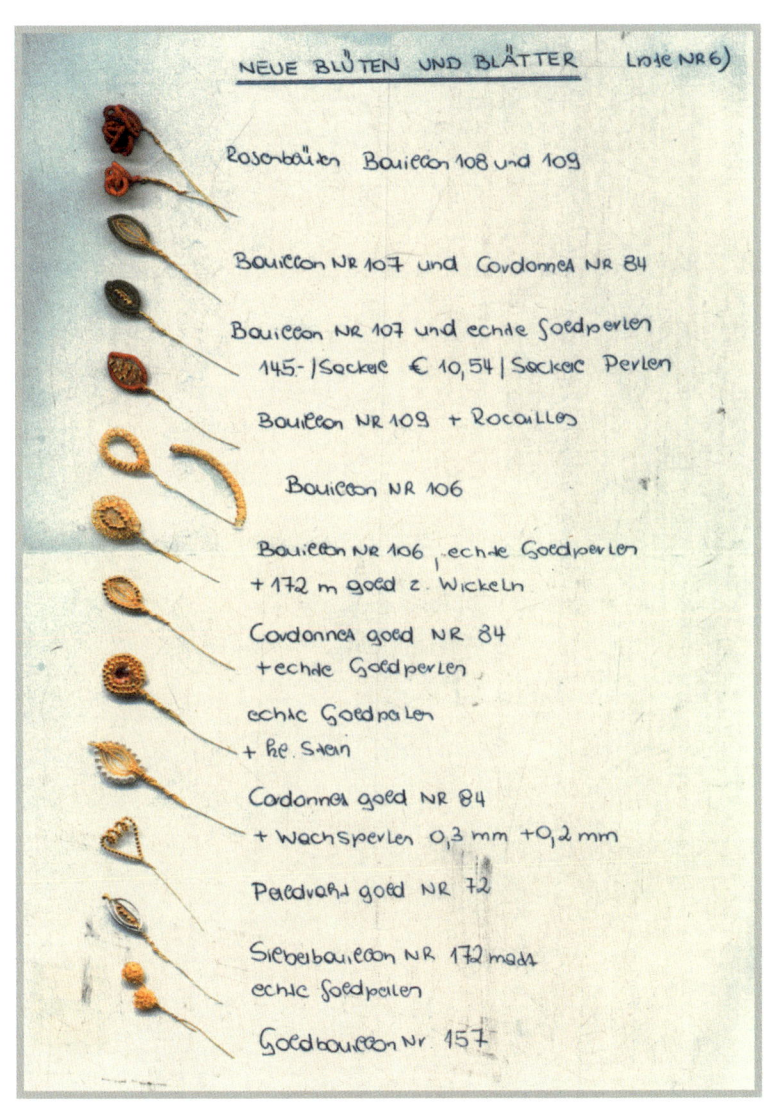

◇从德国人罗玛的教材中，可以了解到这门手艺的繁复与讲究

我问她，将来想不想把这门手艺传给下一代。她说，只要有孩子像她这样喜欢这门手艺，她一定教。

我说：让这门一千年的手工变成一千一百年。

她说：不止一千一百年。一直传下去。

我感到桌上那棵华丽的金树在灿然发光。历史正在她们手中起死回生。

2003.7

老墙里的宝藏

在萨尔茨堡纵横交错的老街中,我最喜欢盐河东岸的石头巷。在紧张而频繁的访问中,偶有间隙,我就会只身穿过那轻巧的绿色的莫扎特桥,到石头巷去走一走。

这条沿着河边陡峭的石壁开凿出来的古街,又窄又长,曲折蜿蜒,站在石头巷里的任何地方,前后张望,都无法看到它的首与尾。在街两旁高耸的老屋投下的重重叠叠的阴影里,用小石块铺成的路面闪着粼粼的幽光。

我喜欢它静谧和沉寂的气息。游人从不光顾这里。偶有行人,可以从五十米之外就听得清晰的脚步声。但这脚步声也无法叩醒沉睡在这老街上的历史。

然而,历史又不遥远。只要仔细关注这街上的老屋,一面

◇夕阳照耀中的石头巷

窗子、一扇门或一个屋顶,那种古朴与单纯的气质,那种奇特的式样,都是数百年前的人特有的审美。对于在今天商品经济中变得精熟的人来说,再不会有那种天真烂漫的创造了。

谁能想象如此狭窄的街道,连边道也没有,竟是曾经去往意大利威尼斯唯一的通途?但如果不保持它真实的尺度,谁又能知道历史真正的形态?

萨尔茨堡人知道老街存在的意义,从来没有人去碰它,于是无数历史细节今天依然可以看到,可以触摸到。那五百年前矮小的海关,卫兵戍守的石楼,监视行人的神秘的窗口,遥远的妓馆,还有作家茨威格与歌曲《平安夜》的作者摩尔住过的小房等等。然而,真正令我神往的还是那种"历史的未知"。我知道十五世纪的时候,这里曾是手工业者的聚集地。许多染布、皮革、制陶和打铁的匠人都生活在这条街上。如今,表面上这一切全不见了,但昔日的人文一定还在暗处盘根错节。

当一位朋友说多年前,这里一户人家的老墙里曾"出土"过一批文化宝藏,立即引起我很大的兴趣。我请这位朋友与这家人联系好,一定要去拜访和参观。

待走进石头巷六十七号,我立即被这家人的发现——摆满各屋的美丽的彩陶惊呆了。

主人朗塔拉向我介绍他发现这批彩陶的经过,更让人感到匪夷所思。

在二十世纪七十年代,他和妻子从先人手中继承了这栋老楼。1973年他决定对侧面一堵碱坏了的大墙进行修缮,同时做

◇三十年前朗塔拉刚刚发现古陶时的情景,照片虽然模糊,却有历史意义

些结构上的修改。当他把表面厚厚的灰皮除掉,发现里面的墙是用一片片异样的红色的陶片砌垒的。取出陶片一看,上面全是极其精美的古代的浮雕图案。有奇花异卉和珍禽怪兽,有《圣经》故事和古希腊的传说。他说到这里,清癯瘦削的脸上熠熠发光,还带着当年发现这批宝藏时的惊奇。他一片一片小心翼翼地将这些珍贵的陶片取下来。大约有一百六十片之多。不单图案各异,而且形制也不同。这些古老的陶片究竟是做什么用的?它们为什么被砌在墙里呢?

为了考证这些古陶,他一边访问专家,一边到图书馆去查找资料。渐渐地他弄清楚了,这些陶片是古代取暖使用的壁炉的面砖。这在西方陶瓷史上可是了不起的艺术品。它的制作过程是先把陶土放在模具内压出图案，入炉烧成陶片后，涂上彩釉，二次入炉再烧。烧成之后的壁炉面砖，艳丽夺目，光彩照人。

在相关的史书上都说在十五和十六世纪期间，奥地利的维也纳、德国、法国、意大利所使用的壁炉都与萨尔茨堡有关，但没有很充分的根据，一直到二十世纪七十年代出版的《壁炉艺术史》（卢森马利·法兰士著）上，仍然写着"还缺乏有说服力的史证"。

朗塔拉的发现不是捧出一个无容辩驳的事实？

跟着他又找到进一步的证据，证实了他家的所在地在1562年曾是一座陶瓷作坊。

这样，他就实实在在挖掘出一条艺术与历史的根脉来。他的研究成果鼓舞自己继续努力。接下来他从国家博物馆收藏的古代壁炉照片中找到与他家出土的陶片完全相同的图案。而国家博物馆照片上的那个壁炉早已不存在了，活生生的实物却在自己手上。为了寻找这些陶片的历史踪迹，他不辞辛苦地到处奔波。居然在下奥地利州的梅尔克修道院对面山上的古城堡里，

◇朗塔拉爱上了这门古老的艺术

找到了和他墙里的陶片一模一样的壁炉。这使他欣喜若狂!

由此,他爱上了它们,迷上了它们。

他家墙里出土的陶片基本上是没有上过彩釉的半成品,还有一些是陶制模具。他想,为什么不采用古老的方法,复原一些瓷砖?他决定辞去原先的电器工程师的工作,专心钻研古老的制陶烧瓷技术。用出土的模具复制陶片,然后上釉,用高温烧成彩色的壁炉瓷砖。这期间,他跑到各大博物馆观摩古代壁炉珍品,向各地的陶瓷专家讨教,苦苦寻找失传已久的技术与材料。他经过反反复复无数次成功与失败。有时一个难题使他一连几个月陷入停顿与苦闷。可是没有任何力量可以使他放弃自己的目标。开始时人们以为这位电器工程师走火入魔,现在连艺术行家对他复原这门古老的工艺所达到的水准也啧啧称赞。他已经能烧制出和古代壁炉全然一样的釉彩绚烂的陶瓷了。

2002年,萨尔茨堡州政府给他颁发一枚金质奖章,以奖励他对萨尔茨堡所做出的特别的贡献。这贡献是证实了五个世纪前萨尔茨堡人对整个西方陶瓷艺术史的贡献。

在领奖时,他已是白发苍苍,七十五岁高龄。他为这个纯粹的奉献性的工作付出整整三十年,也为家乡的文化夯实了一块古老的基石。

我问他另外一个话题:"你这栋楼其他的墙里,还会藏着一些古陶吗?"

他认真地说:"肯定有。可能更多。我相信这条街别处也会有。"

"是呵。城堡上的金屋子里还有一件1501年的壁炉,美极了,说不定也是这条街制造出来的呢。"我说,"你不想再发现一些吗?"

"留给以后的人吧。"他说,"那时他们也会像我这样——高

◇僧侣山古堡内十分精美的壁炉，1501年出品

兴一辈子！"

哎，你说，石头巷还蕴藏着多少故事？它有多么深厚、神秘、迷人！

2003.7

木偶大师艾赫尔

在前台看木偶剧奇妙无比,在后台看木偶剧无比神奇。我在萨尔茨堡有过一次在后台看木偶剧的非同寻常的经历,并亲眼看到闻名欧洲的木偶大师葛雷特尔·艾赫尔在黑乎乎的后台,怎样用她魔术师般的双手牵动着木偶们的喜怒悲欢——

木偶是有生命的

欧洲人对木偶的挚爱令我好奇。无论在哪个国家都可以看到木偶艺人在街头表演。他们单凭着手指之间的几根线就能使一个关节活动的小木人连蹦带跳,扭姿作态,挥拳和招手,引得行人驻足观赏。在德国科隆,我发现人们喜欢把一种面孔丑怪的木偶挂在门后,我一直怀疑那是当地的一种民俗。捷克人对木偶可谓举国若狂,街上常见专卖木偶的商店,里边挂满提线木偶。上百个木偶人物都来自民间传说和戏剧故事。每个捷克人都能将这些木偶姓甚名谁一个个说出来。再远一点的俄罗斯,我在阿尔巴特大街上看到一种来自民间的用黑毛线做的提线小狗,表演起来,会跑会蹿,满地打滚。我买一个回来,兴致勃勃地演示一下,竟把我的小孙女吓得连喊带叫,但最终她还是把这个不会咬人的黑毛小狗亲热地抱在怀里……这样,当木偶大师艾赫尔说要请我去看她的表演,剧目是莫扎特的《魔笛》时,我高兴地脱口呀地一叫。

中国原本是木偶之国。唐代称为"傀儡戏"。我小时候还能看到民间艺人在街头做"手傀儡"的表演。艺人钻进一个布袋里,袋子顶端是个木刻的戏台。节目很简单,最常见的是《老虎吃人》。艺人一手演老虎,一手演人——一个呀呀尖叫的小媳妇。老虎追着人在台上跑来跑去,最后把人吃掉。这一幕真够惊心动魄的。可是等到艺人钻出袋子,向我们这些小看客收钱时,我们早跑得无影无踪。有人说,曲艺中的双簧就是唐代的"肉傀儡"。但如今这些表演差不多快绝迹了。大概剩下最多的只有"杖头傀儡"——皮影戏了。

艾赫尔的剧团有一个专用的剧场，位于米拉贝尔花园南端。一个高贵而典雅的小剧院，天天座无虚席。对于今天的萨尔茨堡来说，这种传统的木偶剧已经是高雅艺术了。观众不仅仅是孩子，更多是慕名而来的各国游客。我第一次看西方的木偶剧。在被灯光照射得灿烂辉煌的小舞台上，瞧着剧中人物在音乐中一个个有姿有态有节奏地走上来，那感觉真是挺神奇。我本想认真体会这些木偶人一举一动的绝妙之处，却不觉已进入了剧情之中。我发现，每个木偶人物都有自己的个性和不同的心情，这些个性与心情就在他们的动作之中。我还发现，木偶在演唱时胸部居然一起一伏，好像在用力用气，我感到惊讶——一个木偶只有几个关节，怎么能表达如此细微的变化？表演最精彩的要算主角捕鸟人帕帕吉诺。这个浑身彩羽、背着鸟笼的人物完全是一个有生命的活人。他那轻盈的、优美的、情感化的姿态与动作，全都是内心的表达。

在中场休息时，忽然我被通知，艾赫尔请我去后边看下半场的演出。这使我欣喜至极。我脑袋里对这些神奇的木偶们已经充满问号，太想看个明白。然而，艾赫尔为什么把我请到后台？为了她在演出前对我讲的关于她身世的那一番话吗？

我哪有时间结婚？

演出前两个小时，我约艾赫尔到沙赫酒店的咖啡馆谈一谈。沙赫酒店是奥地利酒店业的豪门。它以四壁挂满天下名人在这家酒店中的留影和一种又松又香的蛋糕著称。艾赫尔像一个贵族妇人。精细的金项链和一身深红色的套装使她显得考究又文雅。她毫无遮掩地畅谈了她的家世——

艾赫尔的木偶剧团是她祖父安东·艾赫尔创立的。祖父原是一位木雕艺术家。后来对木偶产生很大兴趣，就自己动手来做。开始做的多是儿童木偶。他在1903年创立剧团，并租用一所学校的体操房，开始公开演出。祖父干了二十年，创出了最初的名气。1926年父亲赫尔曼·艾赫尔结婚时，祖父就把木偶剧团作为礼物送给了父亲。父亲是个十分敬业又很执着的人，他接过剧团就干了一生。由于他对木偶的制作、表演和舞台方方面面做了整整半个世纪的不断地创新与改进，并到世界各地巡回演出，终于使艾赫尔木偶剧团享誉全球。1977年，赫尔曼·艾赫尔突然去世。木偶剧团的未来便不容选择地落到女儿葛雷特尔·艾赫尔肩上。

艾赫尔在剧团里长大。十五岁时就参加一些简单的表演了。那时的木偶演出要由表演者亲口配说配唱，她全能胜任。而最初剧团属于家庭式的。父母、姨妈、表兄妹全上手，台上台下，跑前跑后，就像一家人过日子。后来剧团愈来愈火爆，每年从复活节开始到九月底，他们要演出一百八十场。这样就开始聘请外人来剧团工作。艾赫尔却一直没有离开过后台。她随同父亲的剧团去过世界许多地方。在亚洲，她到过东京和中国香港、中国台北，却没有来过中国大陆（内地）。艾赫尔把到中国大陆演出作为自己一个美丽的梦想。她知道中国也是个木偶表演的古国。她甚至知道中国木偶与他们的木偶的区别——欧洲木偶像歌剧，中国木偶像杂技，中国木偶以技能取胜，欧洲木偶注重刻画角色的内心。

一个剧团落在一个女人身上是不可思议的，尤其木偶剧团不像其他剧团。木偶的舞台不大，一台戏最多只能十个人表演，所以人人都要一专多能。艾赫尔的木偶剧团总共只有十二个人，差不多都是既能表演又能设计和制作，有的还要兼管行政杂务。至于装台卸台，全是同心协力，大家一起动手来做。艾赫尔是剧团的主管和总指挥，又是表演者。她就这样日复一日，年复一年。她说，几十年里她脑袋里全是"工作、工作、工作"。她没有结婚，没有孩子，没有家庭，只有剧团和木偶。

我说："如果你结了婚，说不定你丈夫会帮你。"

她说："我哪有时间结婚？我用什么时间结婚？"说到这儿，她站起身，"我必须走了，因为晚上我有演出。"

我问："你亲自表演木偶吗？"

"当然。"她看了我一眼，说。

这使我吓了一跳。因为我知道，她今年已经七十五岁！这样高龄的老人真的还在演出吗？这就使我更想到后台看看。

奇幻的世界

走进后台，一片如墨般的漆黑。台中间是一个长七八米的长形的洞，洞口下边灯光通明，便是舞台。洞口上边围着一圈栏杆。表演者俯身趴在栏杆上，用手指扯动长长的线，牵动着垂在下边的木偶。这也是木偶剧与其他戏剧后台的不同之处。

演出已经开始，十来个表演者每人手中操纵着一个木偶，并根据剧情跑来跑去，非常紧张。

我们被引到台后一个漆黑的地方，坐在一块木板上。在这个角度不仅能看到表演木偶时的全景,还能看到下边的木偶们在细细的长线的抻动中各种栩栩如生的表演。

忽然,我看见了艾赫尔。从下边舞台反射上来的光,把她依稀照见。她完全换了另一身装束,一件黑色的T恤,一条肥腿裤,腰间扎一条深色围裙。眼镜似乎也换了一副宽边的。令我吃惊的是,她完全换了一副神气、一个人!她变得麻利、干练、结实有力。她全神贯注地俯在栏杆上,上半个身子完全探出去,她整个身心完全投入到下边那些木偶的身上——她表演的木偶正是那个最出色的捕鸟人帕帕吉诺!

她的十个手指飞快地拨动手中的十二条线。一生造就的功力已经使她完全不必去看手中的线了。她和她的木偶已经融为一体。当捕鸟人着急时,我发现她也皱起眉头,挂着线的小拇指向上一勾一勾的;当捕鸟人高兴起来时,我看见她咧嘴而笑,手中的线轻轻抖动;捕鸟人跑起来时,她的身子也随同手指的节奏一摆一摆……然而,即使这样,我也看不出,她究竟怎样使捕鸟人能够随心所欲地表达出不断变化的心情。如果不去看艾赫尔,只看舞台上的捕鸟人——捕鸟人就是活人!可是当转场时灯光一灭,艾赫尔一下子把捕鸟人提上来,捕鸟人一出舞

◇木偶大师神奇的手

台，就是没有生命的木偶了。

她究竟是怎样赋予这些木头小人生命的？

在近一个小时的演出中，艾赫尔和她的伙伴们不停地围着栏杆跑动，并往来穿梭，因为木偶们在舞台上要不断地更换位置。他们动作敏捷，步履无声，相互配合默契。而且，这十来个演员要表演三十几个人物。表演者们就得经常"换角色"。哪个人物下台，哪个人物上台，都衔接得很紧。后台气氛的紧张忙碌可想而知。每有空当，艾赫尔还要跑到下边调整一下灯光，或者抻一抻幕帘。她全部精神全在舞台上，以至于她从我面前走过，我向她微笑点头时，她理也不理我，似乎没有看见。我知道，她此时的"视野"中根本没有剧外的任何人。

我受到感动。

我知道，一个艺术家付出生命的一切，不见得能成为一个大师，但真正的大师一定是付出了生命的一切。

这里是木偶们的天堂

艾赫尔在剧终时富于创意的安排，使剧场中所有观众既意外又惊喜。

在《魔笛》的人物一个个走到台前谢幕过后，幕帘拉上。这时，身在后台的我忽然看到艾赫尔他们将一块巨大的镜子抬到台上，四十五度地斜立着，然后将大幕唰地拉开，剧场内立刻爆发出一阵惊叫与欢呼。原来观众通过斜立在舞台上镜子的反射，正好可以看到艾赫尔和她的伙伴们在后台上边怎么表演这些木偶。在观众狂热的掌声中，他们拉动长线，使剧中人物再做出一些可爱的动作来，或蹦跳几下，或转个圈儿，或鞠躬，或飞吻。艾赫尔知道只有将木偶表演的神奇展示出来，观众才能获得最大的满足。

散场后，艾赫尔向我走过来。她似乎有些累，皮肤有些松垂，脸上汗津津的，但依然保持在艺术创作中的兴奋。我对她演出的成功表示由衷的祝贺，然后说："你用你的心演你的木偶。"

她一把抓住我的胳膊，很用力，没说话。艺术最需要理解，理解就是知音，知音无须多说。

她拉着我去看剧团木偶的库房。

库房打开，我惊呆了。大约五百个木偶站在那里。长长的线系在屋顶上。木偶们面孔各异。它们是艾赫尔所演出的各种

◇和艾赫尔在一起

剧目的角色。有《胡桃夹子》《费加罗婚礼》《暴风雨》《仲夏夜之梦》《塞尔维亚的理发师》……都是世人皆知的名剧。她把这些剧中人一一指给我看。使我奇异莫解的是,这些木偶在舞台上好似真人大小,怎么在这里只有六七十厘米?我问艾赫尔,艾赫尔微笑不语。那表情似在为她这些神奇的木偶而骄傲!

这里是艾赫尔的世界。对于这个独身一生的女人,这些木偶就是她的孩子,是从她的心中生出来的孩子!木偶们是幸运和幸福的。它们保存得极好,穿戴得漂漂亮亮,而且不时会被艾赫尔带到舞台上风光一番。我忽然想起德国作家史托姆写的

◇在剧院墙上的题字

那个中篇小说《木偶戏子保罗》,从那本书里我知道木偶艺人怎样善待他们的木偶。于是,在艾赫尔叫我按照他们的规矩——留一句话在她剧场的墙上时,我写道:"这里是木偶们的天堂!"

2003.7.21

又跳又唱又一年

每年第一天,萨尔茨堡州射击团的壮汉们,身穿传统黑色的紧身衣,抱着枪筒又粗又短的礼炮枪,叉着双腿在雪地里站

◇一月一日萨尔茨堡市爱根区的新年礼炮

成一排,向着山野一齐开枪,巨大的枪声震得耳膜生疼,并在寒冷的空谷回荡。人们便精神抖擞地进入新的一年。整个萨尔茨堡州有一百一十个射击团。他们几乎同时在全州各地放枪鸣炮。在厚厚的大雪下沉睡着的大地被这声音栗然惊醒。人们放枪时的心理与中国人过年燃放爆竹是相同的:驱赶邪恶。

紧随着新年之后,跟踪而至的节日是在一月五日的晚间。

◇萨尔茨堡州巴特和嘎斯坦地区的长嘴怪人,多在一月六日出现

一种叫作特雷丝特勒的神秘的怪物出现在所有村庄内外。他们身穿红色的丝光衣,头戴鸟羽,彩带遮面,在笛子的伴奏声中有节奏地跳着。他们的舞步是代代相传的,所以很规范也很讲究。当他们腾身而起时,羽毛与彩带随之翻飞,非常好看。他们的出现,预示了一年生活的勃勃生机就此开始。

春天来到萨尔茨堡的步履总是有些迟缓,心急的萨尔茨堡人便开始过他们的甩鞭节了。

三月四日这天,各个村镇的人都会集聚在广场上,观看本地甩鞭队的表演。一支甩鞭队由九个人组成,每人手执一米长

◇萨尔茨堡市利飞林区的甩鞭队

的木棍，棍头拴着两米多长的皮鞭，按着同一节奏，抽响皮鞭。地冻得愈硬鞭声愈响，风力愈大传得愈远。据说鞭声最远可以传到十五公里以外。为了使鞭声整齐，甩鞭队在节前要训练一个月。甩鞭队没有固定成员，从六岁到八十岁都可以参加，但一定要甩得又齐又响才能入选。巨大的鞭声使人感到冰雪要被震裂，绿色的春天就要到来。

在复活节里，人们和象征着生命与爱的鸡蛋以及温顺的兔子亲热一番之后，迎面而来的四月里最好看的节目要算是"骑士游行"了。当盛装的骑士们骑马穿过一个个用花草编织的大门时，要用长枪把门上的花环挑下来。花环是美好生活的芬芳的符号。

跟着五月来了，"五月树"是奥地利民间最重要的节日之一。

五月里草长花开，生命充满生机。这里的人们认为所有万物都是从"心"里生长出来的，所以人人心中都洋溢着激情。人们从森林里砍一棵云杉，这云杉必须很直很长，至少三十米，还要剥去树皮，不让山鬼藏在里边。人们在这"五月树"上装饰五彩鲜花，系上红白丝带，编织圆形花环，然后运到教堂前

◇五月一日爱根区的小伙子们正在一点点把一棵巨大的"五月树"立起来

的广场，也是人最多的地方，由几十名力大如牛的小伙子使用木杆一点点把它竖立起来。当"五月树"高高立起，丝带在空中飘扬，人们便围着它唱歌、跳舞、放炮、演奏音乐。整个萨尔茨堡州有一百五十个民间乐团。可以说，五月的萨尔茨堡的大地到处是音乐之声。

这棵"五月树"整整一年都放在那里，第二年再换一棵。如果一位男孩子爱上一位姑娘，也会跑到这姑娘院中竖起一棵小小的"五月树"，表达他的爱意与赤诚。

各地的人们在装饰树时，都是各显其能。如果春天在奥地利旅行，无论路经哪一个村镇，"五月树"都是令人心情高涨的一道美景。在这之中，只有一个规矩不能改变，就是人们围着"五月树"跳舞时，必须保持圆形，因为圆形表示无始无终。

夏至那天，萨尔茨堡的白天与黑夜的长短正好相等。白天分外明亮，夜晚异常漆黑；人们对阳光不怕，对黑夜恐惧。依照此地的民俗，人们在七月二十一日这天晚上，一男一女为一对，排起来，举着蜡烛，列队游行。还要在广场上堆起一堆堆木柴燃烧，并用木头做成小鬼，扔在火里烧掉，然后围着火堆跳舞唱歌，烤肉吃肉，闹到半夜。所有人都穿着又淳朴又美丽的民族服装。

用火驱邪的仪式在七月底还要进行一次。而且从1950年开始，萨尔茨堡戏剧音乐节就把这种传统的民间事典——火把舞列为一项重要的节目了。一男一女，总共一百对，且行且舞，庄重而优雅，神圣又温和。这种风俗源自中世纪，据说经过这火光烁烁的一晚，世界就会变得干干净净，不会有妖邪作祟。

在长长的夏日里，还有两个节日都是企望丰收的。一个是"山松"的游行。所谓"山松"是一种来自宗教传说中的巨人，有点像中国人的高跷，但表演者隐藏在巨人的身体内。"山松"高达七八米，身穿古代武士或神话传说中大力士的服装，走在街上，雄壮威武，气势压人，给人以一种力量的鼓舞。另一个是扛着"花柱"的游行。花柱里是一棵粗木桩，大约八米高，每根木桩上要编结上五万朵鲜花，重达八十五公斤，由一个年轻力壮的小伙子扛着，在街上充分展示过后，随后放入教堂。一直放到八月十五日那天，人们把花柱上已经干了的花朵拿回去，在自家屋中烧掉，一时家家户户全都充溢着香气。

据说，花柱的由来，是因为金龟子吃花。人们造花柱是想避免花儿被金龟子吃掉。其中的寓意，自然是盼望庄稼茁壮，

◇庆丰收

大获丰收了。

　　九月里的丰收节是笑逐颜开的日子。其中最庄严和美好的时刻，是把金灿灿又五彩缤纷的丰收硕果抬进教堂，以感谢上苍的恩赐。这一天，喜好音乐歌舞的萨尔茨堡人，要用手中的乐器与心中的歌声把生活的快乐推向极致。

　　这样，萨尔茨堡一年主要的民间节日全度过了。民俗的节日总是围绕着生产与生活。在农耕时代，一切生活都遵从大自然春种秋收的节律。丰收节是人们一年生活的丰盈的句号。

每一年的最后三个月,民间没有什么盛典。新年前最重要的是宗教节日圣诞节。

还有一个节日在十二月六日。这一天所依据的是圣尼古劳斯主教拯救三个穷家女孩的故事。这原本是个宗教节日。在教

◇敲响新年的钟声

堂里，极受敬仰的尼古劳斯手里总是拿着三个金苹果，象征着三个被救的女孩。但在民间早被世俗化了。这个尼古劳斯有点像中国民间护佑儿童的张仙爷。过节这一天，会有些人身穿野兽毛皮，头戴丑怪面具，扮成怪物，出现在大街上。人们见了就用草棍或麦秆打他的屁股，把他赶跑，以示儿童的健康和安全，无病无灾。

这时候，萨尔茨堡已经是一片冰天雪地。生活的希望也压在这坚硬的冰雪之下，然而萨尔茨堡人是绝不会让生活永远忍受严冬，保持沉默的。于是，一排身穿黑色传统服装的射击队又出现了。他们年年如此——抱着又粗又短的礼炮射击，向着白茫茫的山谷发出震天动地的鸣响。新的一年又开始了。

又是一个又唱又跳、充满生命活力与生活情感的一年。

2003.7.17

阿尔卑斯山的精灵

晚间，坐在诺基尔森镇郊外乡间小店又宽大又松软的椅子上，才感到疲劳。一种充满快感的疲劳。脑袋什么也不想了，里边塞满了图画一般的风光，挥之不去；再没有力量写日记了，但还是硬拿起笔在本子上记了一句：今日之行乃是我平生走过的最美的一条路。

此后我想过一个问题：为什么奥地利历史上没产生过伟大的风景画家？从克里姆特、希勒、百水到马克斯·魏勒，几乎都与风景绝缘。即使是彼得迈耶时代也没有出现一个非常出色的画风景的高手。也许艺术的本质都是对未竟的美的一种追求，是饥渴之时心中的盛宴。可是面对萨尔茨堡这片美丽到极致的山光水色又能做什么？只有享受而没有欲望。可我又想，奥地利毕竟不是绘画而是音乐的王国，这山水的精魂不是早都进入他们的音乐之中了？

尤其是驱车飞驰其间，车子的两边，大片大片被草原和森林覆盖的丘陵无止无休地起伏着。这丘陵的轮廓全是曲线，舒缓、流畅、变化不已。眼前一片碧草茸茸的开阔地慢慢地凹陷下去，后边齐齐的一排浓绿色的松林渐渐升起。不等它完整地展现出来，一条开满鲜红的罂粟花的低谷纵向地穿越过去，带着一种浪漫而放纵之情伸向极远的地方，可是跟着黑压压的杉树林就把它甩在自己的身后。阳光在树干之间跳跃着。是的，音乐的资质在这里表现出来了。这跳动的亮点是轻捷而快速的钢琴的琴音。但很快就被一片弦乐如潮水一般地淹没。辽阔的草原与森林又绕回到车窗上。又是丘陵延绵不断起伏的曲线。这曲线不就是那些优美而无形的旋律吗？连他们特有的华尔兹的节奏也在里边。所以我一直以为，正是这山水的精灵浸入了奥地利音乐家的灵魂之中，他们才有那种不竭的灵感和匪夷所思的才华。

大山如同一个男人，它一定在某时某地表现出自己的威严和博大。

要想见识一下名叫"阿尔卑斯"的这个男人的豪气，就去大钟山！

驾车从它宽阔的山谷盘旋而上，好似驾机升空。这就一定会经历一种奇观。开始，无边的森林一层层地落下去，整个身体就像从巨大无比的浓绿的染桶里缓缓升起。阳光把窗外的绿色反射到车里，连白色的衬衣也会令人惊奇地淡淡发绿。这时，来自斜上方一种强烈的光愈来愈亮。那不是太阳，而是白雪；有些白雪与天上的白云连成一气。等到路边的草坑与石缝里忽然出现一块块白雪，车子至少已经在海拔一千五百米以上。随后便是白雪愈来愈多，从地上到树上。我发现自己正从一个绿色的世界升入一个银白又纯净的世界。原来大自然如此地升华！

到了海拔二千五百米，走出车子，干脆就在大雪的世界里。尽管终年的积雪厚厚地遮盖着群山，但大山还是清晰地显示出它雄健的形态与骨气。让我惊讶的是，在那些极远又极冷的雪谷冰峰之间，哪来的一些又长又细的痕迹——从这边陡直的雪坡上断断续续一直向西，直到远处的迷雾中——原来是滑雪的人们留下的！他们用这些匪夷所思的行为在这冰雪之巅书写了自己的无畏。我的心不由得一动,似乎我碰到这大山的一种魂灵。

阿尔卑斯山引为自豪的是克里姆瀑布。延绵千里的沉默的大山只有在飞瀑流泉这种地方才得以开口说话。它咆哮呼号,如雷般地爆发。而且远在数里之外,就把喷发出的水珠如同牛毛细雨一般散布在空气里,并乘风而来,凉滋滋地扑在我的脸上。

面对这一如大雪飞动的克里姆瀑布,我知道,它来自大钟山那些冰峰雪岭。过几天我又在远远一个地方找到它的归宿——那就是闻名世界的萨尔茨堡湖区。

天边的雪山是瀑布的父亲,大地上的湖泊是瀑布的母亲。

如果跳过瀑布,湖泊是雪山终极之地。为此,那些白皑皑的雪山全都静卧在这纯蓝而透明的湖水中休憩。

使我不解的是,这湖心一百多米深的湖水,水质怎么能保持着饮用的标准?

在这里,无论任何一股引自山泉的木槽里的水,任何一条游动着浅黑色鳟鱼的溪流,全都可以放心地痛饮一番。究竟是谁维护着大自然的本色与纯洁?

在克里姆瀑布对面的道边摆着一件艺术品。一头蓝色的大牛身上画满透明的水滴。牛是萨尔茨堡的象征,水滴表示对每一滴水的珍惜与爱护。对于热爱艺术的阿尔卑斯山民来说,这件十分醒目、优美和富于想象的艺术品胜过无数空洞的标语口号。所以在整个阿尔卑斯山的山区里看不见一条标语。他们喜欢用美的语言传播思想。那天晚上,我们的驻地诺基尔森镇在举办每年一次的水节。在镇上一间用原木搭建的俱乐部里,先是几位本地的音乐家演奏几支与水相关的乐曲,然后由一位邀请来的研究水的学者,向百姓们介绍关于水的知识和保护水源的最新的科学技术。他们把水的知识灌输给在水的源头生活着的人。

从我的向导弗莱蒂口中得知,这片天国般的风光实际上承受着极大的压力。冬天时大雪蒙山,这压力来自滑雪爱好者;夏天里冰雪融化,带来压力的是游客。每年冬天,单是来到滑雪胜地萨尔巴赫辛特格兰镇的滑雪爱好者就有一百二十万;到了夏天,只是阿特尔湖的游客就在五十万以上。

可是,旅游收入已经关系到这些地方的经济命脉。至少百分之六十的经济收入直接来自旅游与滑雪。

在地球变暖的时代,逢到缺雪的冬季,人们要把湖水引到山顶,通过喷洒,还原为雪,以保持足够数量的游客。

但他们绝不会毁掉自己的家园,换成现金。比如那种方便游客却破坏景观的缆车,自1922年以来就没有再建新的缆车线路。另一方面他们的目标也很明确,就是不再吸引更多的游人到这里来。也就是始终要把游客的数量限定在可以良性地运行的范围之内。

采尔湖畔一位制作传统皮裤的师傅告诉我,他制作这种裤子的皮子来自红鹿。但在这里,猎取红鹿是要经过严格控制的。红鹿生长得很慢,寿命十二年到十五年。如果不加限制地猎取,红鹿就会濒危或灭绝。因此猎人必须持有猎证,而且要在指定时间和猎区之内猎取红鹿,还必须绝对地服从规定的数量。每个猎区一定要保持四十只活蹦乱跳的红鹿才行。

不仅是猎区里的红鹿,每个林区树木的数量也有硬性的规定。

这样,阿尔卑斯山才永远是活着的。

五月的森林会出现一种奇异的景象。常常从林间冒出一股烟来。一会儿在这儿，一会儿在那儿。有的很小很淡，很快就消散；有的很大很浓，像烟岚飘得挺远。挺神奇的。这是高山上的云吗？可怕的山火吗？那种传说中丑怪的山鬼躲在里边抽烟吗？

我在这里新结识的朋友奥托告诉我："这是松树在传送花粉，山上有风，一吹就会散发出来。"他还说，"你很幸运，这样的事六七年才出现一次。"

我笑了，说："这是树之间的爱情。爱情不能总发生的。"

奥托个子不高，硬邦邦，像山上的一块岩石。但走起路来，浑身充满弹性。和他握手就觉得突然被一只很大的钳子钳住。他今年六十五岁，依旧做登山教练。我的伙伴说："您这样的老人爬山可要小心了。"他马上满脸不高兴地说："我怎么会是老人？"

一个山民在旁边说："人的年龄大小全听他自己的。"

这是山民的一句格言。

阿尔卑斯山的人，全爱登山。奥托说，在登山时全身每一块肌肉都能用上。所以，每次从山上下来后，浑身会感觉舒服得无与伦比。肺部就像山谷那样开阔而畅快。他登山已经四十六年，从来不走正路，喜欢挑选野路和陡坡，这样总保持全身的一种新鲜和矫健的感觉。他说，总走老路，对山就没有感觉了。

他还说无论多高大的山也没有危险，只有需要克服的困难。比如登山过程中，忽然遇到了暴风雨与闪电，只要迅速下降五十米就可以了。

◇我称他为"雪绒花"

他说他已经属于阿尔卑斯山,他认识这山上所有的一花一草一树一石。只有在山上才感到浑身有力量,有目标,也有情感。

我听了,笑道:"甭说在山上,现在说到山,你已经很有力量很有情感了。"

五月的山野到处为青翠的草场所覆盖。一大块一大块深深浅浅的草地好似不同绿色的毯子。一些体魄健硕的大牛站在草地上,低着头慢吞吞地吃草,吃饱了就随便一卧打盹睡觉。此时,草地上到处开着一种黄色的小花,花儿繁密的地方绿草地

◇萨尔茨堡的山野

变成一片鲜黄的花海。牛吃草时也吃花。记得十年前我在下奥州阿尔卑斯山下的圣斯太克村，拜访一位老版画家弗里德利希·那云戈保尔。他送给我一张版画，画着一头牛，浑身全是草和花。他告诉我："它（指牛）最爱吃的东西都在它自己身上。"所以这期间的牛奶全都微微发黄，带着一些花的芬芳，喝到口中味道有点神奇的感觉，做出的奶酪也特别好吃。

这里没有人放牧。先前，山民们总在牛颈上拴一个铃铛。铃铛的形状接近方形，造型挺特别，声音也特别，虽然有点发闷却传得很远。牛主人单凭铃声就知道牛在哪里。据说三十年前有个美国游客搞恶作剧，摘下了牛铃铛，结果受到不小的一笔罚金。因为如果没有铃铛，牛就可能遗失在大山里。如今山民们不再使用铃铛，而在牛耳朵上挂个硬塑的小牌，上边有主人的名字、地址和电话，此外还有牛的年龄、重量以及它"父母"的情况。因此，在这里的市场上买任何一块牛肉，都是可以查到这头牛的来历的。

奥地利人的细致大概只有日本人可以与之相比，尤其在对待他们的家园上。

他们不仅把居室布置得很美，也同样着意地打扮室外的风景。奥地利人种花与日本人也很相近，他们不喜欢像荷兰人那样一个品种的花种一大片，他们爱用许多不同颜色和种类的花精巧地搭配在一起。而且每个人都把自己的家园当作作画的白纸，极力去表达自己的品位与情趣。有的人喜欢灿烂之美，就用各色玫瑰种满墙栏内外；有的人偏爱幽深之美，便使用常春藤把小楼严严实实地包裹起来，只留一些窗洞从中闪着光亮……这样，家家户户都如画一般令人驻足观赏。

此间，正是割草季节。草长得又旺又肥，山民割下青草，储备起来，作为冬日牛儿们的食粮。今天，割草与储草已采用现代技术。割草机像给草场理发一样，"推"下鲜嫩肥壮的一层，然后装进塑料袋，封好袋口抽成真空，这样在冬天打开袋子时，青草依然碧绿如新。于是，在这些草场中，常常可以看到一种淡绿色规格一样的塑料包，整齐地排放在草场上，看上去十分美观。

对于阿尔卑斯人来说，保持景观之美是一个传统。这传统一半来自他们唯美，一半是做事一丝不苟，很精心。

山民们堆放木柴时，从来都是用剖面不同的木头拼成各种图案，很好看。至于他们造房盖屋，更注重与周围景色的和谐。他们不会彼此挤在一起，而总是像画家那样，在风光无限的地方，放上自己心爱的小屋。

为此，在整个人类都分外关切环境的当代，他们对环境美的要求便更加自觉。在周游阿尔卑斯山的几天里，我有意用苛刻和挑剔的目光注意观察，竟然没在任何乡镇、牧场和乡路上发现一个垃圾，连一个丢弃的塑料袋也没有。在当今世界，还有哪个地方能把环境美保护得如此绝对？

唯有唯美的萨尔茨堡的湖区。

由于他们唯美，才一直深爱和执着地遵循着自己的传统。

他们不崇尚美国式的高楼大厦以及时髦的现代建筑。他们新建房舍时所选择的仍旧是那种坡顶、大阳台、上上下下种满鲜花的传统的木楼。当然里边的硬件设施都是现代科技的产物。但他们的衣着为什么还是民族服装？比方我在这里结识的弗莱蒂、奥托、弗里茨这几个男人，为什么都穿那种传统的紧身背带裤，足蹬长筒皮靴，上边穿一件绣花的粗线毛衣？

奥托笑道："因为你是贵客。凡是正式和隆重场合，我们就要穿传统的服装。"我知道，这表示对客人的尊重。

传统方式是这里至高的礼仪。

在辛特格兰镇附近，途经一个小村时，聚了一些人，像有什么大事。一辆六人驾驶的老式马车停在一栋房屋前。驾车的骑手穿戴得非常漂亮。人群中有老人，也有年轻的姑娘和孩子，还有神父。一打听，原来是村中一对老夫妇在过金婚。这时我注意到所有人全穿着民族盛装，只有神父穿着细长的黑袍子；

◇穿民族服装的孩子

一位被围在中间的老妇人戴着一顶传统的精美无比的金帽子。老妇人肯定是今天金婚的主角了,这亮闪闪的金帽子就是她五十年前的陪嫁。于是,场面显得分外隆重、神圣又淳朴和欢快。一个尊重自己历史文化的民族,总是令人感动和敬佩的!

我一按相机快门,忘了抬起手指,马达一转,一卷胶片转到头。

我忽然想起,十五年前我作为IOV(联合国教科文国际民间艺术组织)的中国成员,来到萨尔茨堡观看一个乡村民间歌舞团的表演。其中一个节目,十来个小伙子神气活现地跳上台来。他们上身穿着民族服装,下边踩着高跷,高跷外套一条黑色长裤,个个足有三米高。很像他们每年六月过"山松节"时的巨人山松。他们用木跷使劲跺地,声音震耳,威风凛凛。据说这是在表演冬日的森林。随后上台的是一个丑怪的小人,在树林中间,串来串去,他是冬日的精灵。最后一个穿着长裙、梳一条辫子、十分漂亮的姑娘跑上台来,她代表着美丽的春天。于是春天开始在森林中驱赶冬天,经过一个艰辛的过程,终于将严冬赶出森林。舞台上出现一片万物复苏的春天景象。在活泼快乐的乐曲中，围在春姑娘四周的小伙子们把舞台都快踏翻了。

这个舞蹈使我至今难忘。它叫我懂得了民间情感就是大自然的情感。我一下子找到了民间传统的灵魂——用我们的话说，就是——天人合一。

由于我想到了这个舞蹈，想到那一次的所思所想，我就更加理解今天在这里见到的一切。然而，可贵的是，他们把民间传统之魂——天人合一，一直守护到今天。而我们早把大自然当作自己的对手了！这个对手被我们一次次征服，打得一败涂地，以致处处可以看到它遍体鳞伤的悲惨景象！

唉，不再说我们自己了。

这里的风景是温和的。

虽然阿尔卑斯山也有奇峰深谷，危崖绝壁，但它来到萨尔茨堡之后，就很快地化为一片音乐般起伏不已的丘陵了。

舒展、温和、朴实无华，如同童话里的画面。出没于这里的动物很少猛禽与恶兽，最常见的是小角的鹿、羚羊、野兔和一种黑羽红腮的山鸡。然后是大片大片的草场、森林、篱笆与挂满鲜花的木楼。

大地是静态的,在大地上行走的是一片一片银灰色的云影。

没错!这里的风景没有野性。它有人为的东西,但绝不是今天或昨天制造的,而是千百年来一代代山民和乡人与大自然相处的结果。人们从大自然里取得自然的美,同时把自己理想的美融合进去,最终才创造了天人合一的最高境界——和谐。

把大自然与人融为一体的是音乐与歌。所以,每当我听到阿尔卑斯山山民在歌声中那种"哎嘿——哟"的呼叫,我立刻会感到耀眼的雪山和开阔的山谷就在眼前,清新的山风还无限快意地扑在我的脸上。

在这些山民家中,常常可以看到一种很特殊的装饰,就是门琴。这种花瓶状的彩绘的门琴,是挂在门后的。它有五根可以用旋钮调节的琴弦,五个用丝线吊着的小木球。每当客人来了,进来关门,门琴上的一排小球会顺势飘飞而起,再落下来,小木球敲打琴弦,发出一阵轻柔和美妙的弦音。这声音可以放进很多内容。当主人回到家,门琴的声音抒发着家庭的温馨与愉悦;当客人来串门,门琴的声音便表达一种快乐的欢迎。我想，世界上大概只有阿尔卑斯山的山民，把声音的美看得如此重要。任何地方、任何时间都需要它，像自己心爱的人儿。

山民的木楼中，最常见的图案是——心。有时用木头雕刻一个心，镶在门中间，表示这里是他们心爱的家；有时在木板窗上挖一个"心"形的洞，表示要用心去看世界。在圣吉尔根一家乡村风味的小餐馆吃饭时，老板听说我们来自中国，便把每一份菜做成一幅冒着香味的彩色图画，并告诉我们，他们是用心做的。

他们为什么把心看得这么重要？

在路边的花田里，还可以看到一块牌子插在那里，上边写着："带几枝花给你爱的人吧！"路人看到了，会停车下来，采几枝可意的花带走，并随手放几个硬币在牌子旁边。

他带去的不是花，而是这块土地芳香的爱心。

一次，在去往圣吉尔根的路上，我的朋友库尔伯先生忽然指着车窗外很激动地说："你看，世界上有哪个国家的村庄，会在他们的标志牌上放满了鲜花——只有我们！"

◇路牌

由此我注意到,我途经每一个村口的标志牌下边一定都有一个长长的木头花盆,里边栽满了艳丽和盛开的花。

库尔伯是圣吉尔根人,他说这话的时候很自豪。他为他们的土地,为他们的大自然与人文而骄傲。但为了今天的骄傲,他们一代代的先人付出了多少努力!而今天他们所做的努力,将会化为后人永远的骄傲!

2003.7.21

在维也纳买古董之一

——纳什马克的跳蚤市场

每到国外,我的嗜好也跟着"出口"了,那便是寻些卖古董的地方去逛。因此得下一个结论,凡历史悠久、人文丰繁之处,这样的地方则多,反之则少。比方在澳大利亚和加拿大,你要问去哪里可买到古董,等于给主人出一道难题。一次在多伦多,一位热心的加拿大朋友把我领到一家古董店门前,一看却是中国古董店!澳大利亚人则说,我们这儿历史最老的是袋鼠,你买一只回去吧!

欧洲是世界文化与艺术的中心,自然就是买卖古董的中心了。但真正的古董行家到了欧洲,除去逛老店和串拍卖行,也不会放弃那些藏龙卧虎的"跳蚤市场"。

最早的跳蚤市场主要卖旧衣服，旧衣上常有跳蚤，故名"跳蚤市场"。现在的跳蚤市场已变成旧物市场，除去廉价的水货在此倾销，更多则是家中多余不用的物品拿到这里卖掉。这便常有祖辈遗物，后代不知来历与出处，轻易抛出，有价值的古董便潜杂其间。嗜好古董的人最喜欢自己"发现"罕世宝物，就来寻珍采奇，自然招来一些古董贩子真真假假，倒买倒卖。有侥幸也有冒险，这对嗜好古董的人更添一分刺激。

维也纳的跳蚤市场就在市中心边缘的纳什马克。这里平日是一个大菜市场的停车场，每逢周六公休日，市场关门，无人停车，跳蚤市场便来拉开阵势。

在这狭长地带中，各种货摊排成几个长排，最靠地铁一边多为旧衣旧鞋，小贩大都是东欧人和土耳其人，偶亦有中国人卖些绒毛熊猫、镀铜小龙、石雕长城等廉价工艺品，欧洲人对中华文化的知识少得可怜，故很少问津。愈靠大街那边，档次愈高，支棚架摊，古物杂陈，琳琅满目，极是诱人。这成了维也纳吸引游客的一种市井风情。其中有些小摊颇有专业化味道，比如旧书摊、旧画摊、旧圣像摊、旧瓷器摊、旧照片摊和旧灯具摊。这就很像中国一些大城市近年来兴起的旧货市场了。

◇纳什马克无奇不有

它与中国的旧货市场不同之处有二:

一是小贩赚钱的手段主要是将古物的时代提前,但造假不多,因为在欧洲制造古代艺术赝品是触犯法律的。大概造假古董乃中国之专利,故一家日本出版社曾约我写一本《中国伪作史》。二是奥地利人不喜欢翻来覆去地讨价还价。比如我看中一幅人物肖像,装在古老的鎏金镜框中,是木版油画,采用丹培拉材料,画得极薄,由于历时久远,气质沉润,画面出现蛛丝般裂痕,更富美感。我断定为毕德迈耶画派(1816—1848维也纳著名画派）作品，很有收藏价值。跳蚤市场上的古董一律明码标价，我见标价很高，依照在国内的经验杀它一半价钱。这位卖主长得文静，蓄着唇须。他摇摇头说："对不起，不行。"我再与他讨价还价，他索性笑了笑不再理我了，只好作罢。

此后，这幅画一直在我心中纠缠，我便请了一位朋友帮我去讨价。我这位朋友是奥地利通。他说，你和奥地利人谈价钱最多一两个来回，谈不成就算完。他们不喜欢钩心斗角。

噢？他们真的如此？

等到周末，我们在纳什马克的跳蚤市场找到了那位卖主。卖主说："他（指我）真的喜欢这幅画吗？这是毕德迈耶的作品，只是没有签名。"看来卖主是行家。

我这朋友说："他也认为这是毕德迈耶的作品，风格极像约翰·米歇尔·尼德（1807—1882），画得很精致。"

我担心这话可能要把价钱抬上去。谁料卖主惊喜得眼珠发亮，像遇到知音。他主动降了许多钱，卖给了我，倒像一半送给了我。他还给我一张名片，愿意与我相交，我买回这幅画，认真研究，确信是尼德的一幅肖像精品。不单画中色调与笔法全然是尼德的作风，人物造型几乎与尼德1833年创作的《乡村

◇约翰·米歇尔·尼德的《肖像》

的客栈》中的一个人物形神皆同,宛如一人。

我由此更了解奥地利人。比如这卖主,见我如此酷爱这幅古画,决不漫天索价,连蒙带唬,得寸进尺,好像渔翁钓住大鱼,一边绷住劲儿,一边使弄招数,我也不必猜他是否假装不卖,再施心计。奥地利人喜欢简单轻松,不喜纠缠,尤不喜竞争,逢到需要力争的场合也很少死乞白赖。这一方面来自他们天性的散漫,温饱足矣,何必拼命?另一方面则是奥匈帝国的遗风使然:小小气气地争来争去,锱铢必较,未免卑微。

小买卖也有大风度,大买卖也有小家子气,这完全因人而异。

1993.9.6《今晚报》首发

在维也纳买古董之二
——艺术家市场

一位美国朋友来访,他见我从奥地利带回一尊十七世纪银质圣像,连呼美极,追问我购自何处。他多次去维也纳,古董行也是他的出没之地,听口气他对维也纳的古董市场无所不知,我便说是从艺术家市场买到的。他听后对我瞠目而视,颇现惊诧。我马上想到奥地利一位朋友的话:"买古董的人经常会把艺术家市场漏掉。"

艺术家市场在多瑙运河岸边,那是一条沿河的狭长的铺水泥的滩地,河水上涨时则淹没,平时周日便是艺术家们的集聚之地。画家们支着画板作画或为游人画像;雕塑家们摆上台子或案子,陈列自己千奇百怪的作品;服装设计师悬挂出各种充满创意的手绘头巾或手工缝制的帽子；歌唱家和演奏家们则常常在停靠岸边的"施特劳斯号"的甲板上拉开阵势，举行现代歌曲演唱会。这些穿着磨破了的牛仔短裤、长发披肩的男女青年，通过扬声器把他们最新的歌曲与最真实的情绪传达给人们。维也纳是音乐城，歌声最能招引人。每逢此时，两岸观者如堵，艺术家市场顿时成了人头攒动的闹市了。

在艺术家市场上，哪怕一件最日常的应用品，也全是艺术家们亲手制作的。它们都有艺术家匪夷所思的想象、异想天开的创造和独来独往的自我表现。一把钉子、几个橡皮筋、一枚衣扣被压在透明的树脂里，便成为时髦女人最有特色的颈坠儿；一块胶泥，扎上几个小洞，再涂了釉彩烧出来，就是一个别致的笔筒。一位大胡子画家把他的形象精致地印在鞋面上，这是调侃是自嘲还是广告？猜不透。但这种鞋子天下无双，若有人仿造反而没意思。在这里任何一样东西都是独一份，相同便无价值。这就是艺术的精神。艺术的本质是区别别人也区别自己。你可以对他们的创造不买账，嗤之以鼻，弃而不顾，甚至不肯施舍般地瞧上一眼，但艺术家们决不会勉强你，招徕你，生拉硬拽卖力兜售。他们守着自己的作品，一言不发，好像在等待

"知音";他们深知"知音"是可遇不可求的,更是强求不得的。如果遇到知音,心生喜欢,如获至宝,掏钱买去,他得到的报酬便与得到的赏识同样高兴,或者叫作双倍的高兴。这是小商小贩们永远不会有的乐趣。

这样,自然有些艺术家把家中的一些古旧艺术品拿来卖给识家。这些艺术品的收藏者都具有鉴赏眼光,其艺术价值就非跳蚤市场可比了。我看过一件木雕的相集封面,精美绝伦,应为哈布斯堡时代的王室遗物,还有一群玛雅文化的雕像,都属于博物馆一流藏品,只是标价高得惊人,因为卖主都是识货的艺术家。艺术家是凭个性来做买卖的。当他们过分看重一件古董的艺术价值时,标价也就不着边际;当这些艺术家心血来潮时,也许会挥金如土,使得幸运者抱珠而还。这就要说到我买那件古代银质圣像的事了——

在桥墩附近一个摆满古代器物的台子上,我一眼发现了它。这件结构复杂、组装式的圣像被拆成几部分,散放在桌角。但它那形制与花纹,稳重又灵透,洋溢着迷人的哥特精神,令我振奋。我想这必是价值千金。卖主是位画家,专画抽象的装饰画卖。这些旧物是一位匈牙利姑娘托他代卖的。匈牙利穷,价

◇在多瑙河边一个匈牙利姑娘手中买到的文艺复兴风格的银质圣像

钱竟然只要八百先令（折合人民币六百元）！我惊喜地上去抓住圣像，抢口说我要，生怕对方改口。陪我同来的一位友人本想为我压价，但见我已然说要，无法再争。有趣的是这位奥地利画家，他对我说："我看得出你非常喜欢这东西，这是法国的，非常古老，的确很漂亮，我替那个匈牙利人做主，你就给五百先令吧！"

当我把买这圣像的过程告诉来访的美国朋友，这位美国人立即大叫："我明天就去维也纳！去这个艺术家市场！"这话一半是玩笑，一半是因为美国人太喜欢这种意外的欣喜了。

这便是维也纳艺术家市场的特色。这里没有小商小贩的习气。艺术家就是这样，往往个性或一时情绪表达的快感，远远超过多捞取一点钱财的愉悦。有人说，也许你只是碰到了一种幸运的偶然，我反问他，除去艺术家市场，你在哪个市场可以碰到这种偶然呢？

若要看维也纳古董的洋洋大观，还得去一区那些老牌资深的古董店。由步行街向西直至皇宫那一片横七竖八的深街旧巷，随处都是经营古董的店铺。门脸小，格式老，装修也不讲究，但包子有肉不在褶，里边的古董却价值连城，往往大博物馆也买不起。奥地利号称欧洲中心。不单自己的文化有上千年历史，国民也一向珍爱自己先人的创造，又从不搞"破旧立新"和"砸烂旧世界"，文物资源自然雄厚。而周围国家如意大利、德国以及法国等都是文化大国，各国文物便自然而然流落于此。这里的古董店由希腊罗马、文艺复兴及至近代，无所不有。实际上是欧洲的古董店，东方人很难问津。东西方文化从来以各自为中心，自我循环，自我满足，由于这种太久的隔绝，对待对方的文化缺乏感情。故此东方人绝少收藏西方古董，而西方人对中国古董多半出自猎奇，真正的行家仅存于学者中间。欧洲的古董店偶有中国古董，也常被老板说得驴唇不对马嘴。

在一家古董店中，老板向我推荐一对阿拉伯蓝花小瓷碟，执意说这是中国的古董，还连连叫着"yong zheng！yong zheng！"（大约是"雍正"的意思），但肯定不知何为"雍正"。我说这不是中国的瓷器，他马上掏出名片，上边印着这家老店最初的年号是1803年，并强调他家世代颇精此道，以此证明他的话确凿可信，弄得我啼笑皆非。我见架上有一件薄胎青花加彩的大碗，碗底无年款，里外皆画，为《西厢记》故事，韵味醇厚，当为乾隆年间制品，而且完好无损。但老板却非说这是日本货，索价极低。在欧美各国的古董店中，这样的例子举不胜举。倘若中国的古董小贩到此采买，再带回国，出口转内销，倒能发笔洋财。

由于欧洲人文化意识颇强，收藏古董是人们的普遍爱好。如果到一个欧洲人家中，哪怕是农民，若无古物，便意味着意趣浅薄而无文化。欧洲人强调个人性情，收藏便五花八门，古董店投其所好，不仅无所不包，而且专项的店铺很多。常见的有绘画、雕塑、圣像、瓷器、家具、灯具、乐器、地毯、相机、书籍等。孤本的古旧书籍也被作为古董。古书的封面、版式、纸张、印刷方法都带着当时的风尚，不仅有阅读与史料价值，也可陈放在玻璃柜中如同古瓷古瓶一样观赏。我在现代艺术博物馆对面走进一家小店，里面专门经营古代航船一类文物，一连三间屋内，摆满与挂满古代的航海物品，如罗盘、铁锚、海图、旗帜、枪支、海中服饰和单筒望远镜，甚至还有一两个世纪以前的小舢板，简直像一个小而精的航海博物馆了。

这些古董店大多明码标价，可以讨价还价，但往往标价近于天文数字，使人不好开口。这些货真价实的古董店，也不追求天天进财，只等待来一位不惜千金的真正买家。这很像中国过去那种有名分的古董店所谓"三年不开张,开张吃三年"。外地来的旅游者便把这种古董店当作小博物馆,过过眼瘾,浏览一下而已。

1993.9.7《今晚报》首发

在维也纳买古董之三
——拍卖行

在这中间,有一种古董店不能错过,就是古物拍卖行。

拍卖行货源雄厚,大出大进,成批出售,带有倾销性质。他们往往提前一天登出广告,或印发宣传品,披露拍卖内容,同时在拍卖行大厅或沿街一些专用橱窗内将这些古董陈列出来,供人选定。上有标签,写着起价数额和拍卖的时间地点。倘若要买,先用电话通知拍卖行,等到了拍卖那天便来竞价,当然也可以改变主意而放弃。

在维也纳,最负盛名、专门拍卖古旧艺术品的是多罗萨姆拍卖行。这家拍卖行有两个门,前后通往两条街。总共四层楼,白色大理石的地面,室巨厅阔,走进这大楼如同掉进古董的海洋。博大与精致，古朴与华贵，珍奇与原始，交相辉映，使人感到世界上一切物品，日久天长都会质变为古董。创造古董的既是人也是岁月。此时，二楼侧厅正举办大型的首饰拍卖的预展，这些稀世珍宝能与霍夫堡皇宫珍宝馆的藏品相媲美，多罗萨姆的实力真是难以估计！

它的二楼和三楼各有一个拍卖厅。拍卖方式，天下殆同。只是执槌者改用按键电子铃，反觉美妙。令我惊讶的是，参加拍卖者寥寥可数，三百张座椅的大厅只坐了最前面的几排。大概欧洲古董太多，拍卖几乎天天有，谁也不怕"失却良机"。奥地利人又不喜争强，多以最低的起价成交；偶有争执，不过一两个回合的较量，便有一方放弃了。我第一次在多罗萨姆，买到一幅油画和一件巴洛克台式画架，很顺利，无人竞争，举手可得。第二次来买铜雕，与一位瑞士收藏家较上劲，我下狠心出高价把他压倒。完事后他过来对我说："我以为中国人来欧洲大多是开餐馆，没想到还有人买古董。"我听罢笑道："大概中国的古董太多了，想不到来欧洲买。"然后谢谢他如此谦让。

这不过是个小小调侃而已。

拍卖行是古董价钱最低的地方，有时甚至会低于跳蚤市场。

◇《人与马》(1826年)是欧洲案头雕塑中的精品

我在多罗萨姆见过一幅齐白石的《荔枝图》,开门见山的真迹,且是精品,开价五千先令,这价钱低于国内十倍,当然这可以认作是中西文化之隔绝使然。但同时还有一件一米多高的意大利铜雕,上世纪作品,塑着一个干完活的庄稼汉闲坐木墩上,他松垂的双臂上,肌肉筋骨坚韧有力,整个作品气势充沛宏大。标价仅仅一万先令!我心想必买不可了,但再看看拍卖日期恰好是我离开维也纳的那天,物各有主,强求不得,望洋兴叹中,唯寄希望再来欧罗巴了。

1996.11 首发

留住昨天

——维也纳区博物馆小记

生活的历史如同戏剧的场景一幕幕地更换,当昨天生活的形态不复存在,我们从哪里还能触摸到那种独特的生活实体?历史博物馆的藏品都只是重要的历史事件的"证人"。那么我们先人那些有声有色的生活呢?那才是文明的血肉。

我把这个关于博物馆的话题拿出来,与林达女士讨论。她是历史学家,在维也纳市政府的档案馆工作。林达听罢我的议论含笑不语。沉默了一会儿,她说:"我建议你到维也纳的区博物馆看看。维也纳市有二十三个区,每个区都有一个博物馆。"

我对她的建议兴趣十足,我感觉到她是想让这种"区博物馆"与我"对话"。

十四区的博物馆,外表看不过像一户人家。只是挂在墙上的小小的牌子说明这是一家"本区"的博物馆。一周有两个下午可以参观。走进去一看并不小,上上下下总共二十多个房间。这栋房子是区政府的房产,拨给这个区的博物馆协会使用。博物馆的工作人员都是热爱本区历史和文化的志愿者,没有工资,全是尽义务。展室中有一个展示本区地貌与城区立体化的巨大而精致的沙盘,是他们用了两千个小时手工制作的,足以表明他们对本区文化之赤诚。他们中的一些人有正式工作,业余时间全部放在这里,因此每周只能有两个下午对外开放,但都是免费参观。因为你对他们区的历史抱有兴趣,是他们的荣幸。故而今儿连馆长夫妇都穿上民族服装,表示对我们访问的郑重之情。

十四区在1800年还是森林和田野。馆中陈列的各种野兽、飞禽、昆虫和鱼类的标本,都是这块土地最早的主人。一块操作台面上装着各种手触按键,如果想听一听某一种鸟儿的鸣叫,按照上边的序号揿一下按键,便会播放出这鸟儿特有的美妙的鸣唱。由此我体会到这些义务的博物馆员对他们工作的用心。

真没想到,他们的博物馆有如此巨大的容量。一切昔日的物品,家具什物、服装用品、针头线脑、瓶瓶罐罐,全收集进来了。当然这里不是历史的"废品站",他们所收藏的都是经过选择的昨天生活最生动的细节。比方1904年接生婆的全套用品,展示了那个时代生命的传衍方式、医术和当时的风俗,乃至比之更广阔的社会内容。我在十七区的区博物馆还见到一架用摇把旋动的木桶洗衣机和手碾的轧干机,应是现代电动洗衣机(包括甩干机)的一百多年前的先祖了。

◇老式的洗衣机,"搓板"在盖子上,以手摇驱使机内的衣服滚动,进行搓洗。此为十七区博物馆藏品

这种博物馆使我最感兴趣的是将一些昔时生活整体地平移进来。比如缝衣店、修鞋铺、乐器作坊、火车检票站、厨房、杂货店、理发店等等。每一处，所有的细节都保留着，并严格地遵循原来的样子，甚至墙上的钉子钉在什么地方也一丝不苟。馆长告诉我，这里的修鞋店还可以修鞋子，厨房的生铁炉子烧上煤炭就可以煮饭，那个1878年的火车检票站依然可以打出票来——票上打一个孔是上午的票，打两个孔是下午的票。至于那个小照相馆，还可以拍出一张玻璃底版的黑白照片来呢。

他们像从昨天的生活里把这些风情浓郁的场景一块块地切

◇如果想看一看上个世纪的杂货店，只有到这家博物馆了

下来，原原本本地镶在这里。于是，这里所藏的不只是昔日生活的细节与遗物，而是一个个内涵丰厚的生活片段，一些完整的生活空间。正像当今世界上历史民居的保护，不只是"点"上的保留，而是"面"（历史街区）上的保护。这正是我的所思所想，他们已经早就完成了。

这种生活空间的收藏比起遗物的收集要困难得多。在不断更迭的生活形态中，那些形形色色的空间总是由于失去实用的价值而自然消除。谁会看到它的未来意义而保存起来？如果想

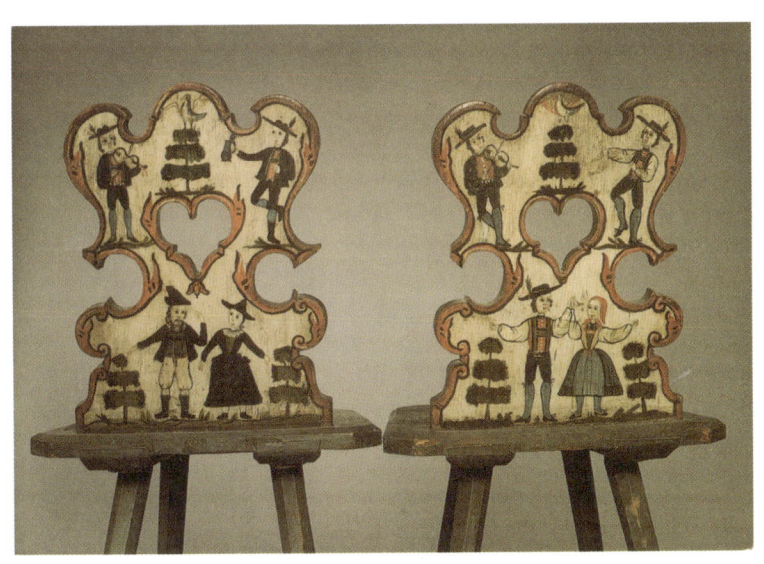

◇这一对来自上奥州乡村美丽又奇特的老椅子，什么模样的人曾经坐在上边？

保存——把它们放在哪里？于是，这些博物馆的工作人员，在对本区进行周密考察中，选定一些具有历史文化价值的地方，并死死盯住它。在它行将消亡时，与物主商议，设法把它们搬进博物馆来。

我问他们：需要花很多钱吗？

他们说：不，有时对方觉得这么做很有意义，就会把它捐给博物馆了。

他们还说，他们博物馆绝大部分藏品都来自民间的捐献。本区里的老百姓常常会打电话来，说他们的哪些家传的东西不想要了，想捐献出来。博物馆的人员就上门去取。一旦他们的东西放进了博物馆，他们心里很高兴，还时不时过来看一看。

我忽然想，我在天津倡导的全国第一家捐赠博物馆——老城博物馆，就想达到这个目的。人们捐赠东西时，不但会提高自己的文化意识，还会情系乡土。

我真希望老城博物馆的人来看一看。现在我们的老城博物馆建设得怎样了？

2003.9

别急,哈尔施塔特

不久前,一到维也纳就被那里的朋友问:是你们要在南方原样复制我们的世界文化遗产哈尔施塔特吗?

我听了一怔。此次到奥地利之前,人在芬兰讲学,全然不知此事。然而这些年在国内,对奇闻怪事已是见怪不怪,各种非文化或反文化的"文化创意"不断"惊爆"出来。其实,惊爆是一种市场手段。一爆惊人,把人抓住,商机也就有了。对于这种一时摸不着头脑的事,只能笑笑,说一句:"你是从哪儿听来的,讹传吧?"想搪塞过去。

不料人家抓着不放,说是这里的电视台正式播报的,还有各种人物出来加以评点。有的说"中国这么大的文化古国有多少好东西,为什么还要复制我们的""如果他们复制我们的哈尔

◎萨尔茨堡湖区如人间仙境

施塔特,我们就在阿尔卑斯山里复制一个长城""世界文化遗产能复制吗",等等。还有一个哈尔施塔特的居民说:"我家的店铺是祖祖辈辈用心设计出来的,他们有权利复制去吗?"

我更有兴趣的问题则是:文化遗产能否复制?于是我拉着朋友往位于特劳思湖边的被称作"世界上最美的湖畔小镇"的哈尔施塔特跑了一趟,看个究竟。

这地方的确很美。波浪般起伏不已的阿尔卑斯山,在奥地利中部创造出一片山重水复、如诗如画的风景。七十多个大大小小的湖泊,明镜般静静地卧在山野深处,奥地利人称这片天赐的风景为"湖区"。前些年我应萨尔茨堡之邀,为他们写一本书,曾到湖区来过一次。那次的印象湖区就是一个童话世界。铺满绿茵的山峦,透明的溪流,五彩缤纷的花谷,随处或立或卧的肥硕的牛,还有山民特有的两层坡顶的木房子,楼上楼下挂满鲜花……然而给我印象最深的还是这里的山民对我说的一句话:我们最爱的是大自然,然后才是上帝。

为此,他们身居其中的山水树木全是原生甚至是原始的,又是被精心护理着的。你找不到一点荒芜的迹象,却也没有刻意的人为的痕迹。他们崇尚大自然原本的生命形态。更神奇的是,这些湖里的水是可以饮用的。经过至少数十年的努力,他们围着所有湖边都建立了一套高标准的净水系统。不能饮用的水决不放在湖中——这些我们能复制吗?

进一步说,这里的人们几乎都是唯美的。所有房屋院墙、门洞、阳台、窗台,都被房主用自己喜爱的鲜花艳丽五彩地装饰起来。它们像是被精心打扮的女人。世上的女人都是最会打扮自己的。可能她们会嫌某个楼角缺点什么,有点寂寞,就会把一盆垂着小紫花的绿藤柔情脉脉地吊在那里;可能她们觉得

◇哈尔施塔特日出时的景象

院内小径上的落花太美了，不忍扫去，便让一把竹帚闲倚墙边，任由地上落红一片。对于哈尔施塔特来说，小镇的美不是用行政和资本"打造"出来的，而是这里百姓的一种唯美的生命气质自由自在的散发——人们唯美的天性也能复制吗？

哈尔施塔特很小。总共才有八百多人。由于地少，道路狭窄，房子不多；一代代人故去，无地可葬，只埋十年，便将尸骨挖出来，在头盖骨上画上花儿，写上逝去的年代，放在教堂一个石室中，渐渐形成了一个天下罕见的风俗奇观。镇里的房屋全是依山而筑，高低错落，而且一楼一式，彼此不同，其形态、材质、色彩，全都听凭房主的性情。有的房子看似简单，甚至没什么装饰性的细节，却恰恰彰显主人所追求的一种简朴与单纯。相互迥异，更显丰盈，这正是这个小镇特有的生活情致——这情致这习俗又怎样复制？

可是没有上述独特的习俗和唯美的情怀，还有哈尔施塔特吗？

哈尔施塔特这个词与"铁器"相关。欧洲第一个铁器时代就以哈尔施塔特命名的。它对欧洲文明划时代的进步具有标志性意义。恐怕这正是它被确定为世界文化遗产的深在的原因之一。当然,比"铁器时代"更早的历史还有凯尔特人留在这里的墓穴。早期人类在这里活动,都与这座小镇储藏极富的山盐有关。

数千年的历史使哈尔施塔特成为欧洲最古老的小镇之一,也颇使镇上的人引以为豪。他们把不少珍贵的历史的遗存都精心地放进镇中心一座设施现代的博物馆中。这博物馆叫作"时光回忆"。

这些,尤其是历史——就更没法复制了。

为此,铁器和盐一直是小镇人们传统手工艺品的本土资源。

镇内小街上最引人入胜的小店,大都琳琅满目地摆着此地艺人用铁材料制作的艺术性很强的生活用品或装饰性的小摆件,其题材多是终日环绕身边的小鸟小兔小鸡小狗,稚趣动人,惹人喜爱,而且充满质朴的地域趣味;还有一种此地土法烧制的彩色玻璃瓶,里边装着当地精制的细盐,这已是镇上最具标志性的旅游纪念品了。盐白似雪,瓶子光而不平,却五光十色,别具风味——这些乡土的味道谁能复制?可是没这味道还叫哈尔施塔特吗?

再有,在镇内街上偶尔还会碰上一两个身穿民族服装的当地人。阿尔卑斯山的山民,女人穿束腰长裙,男子穿鹿皮短裤,

◇小广场

与这里的山水有种谐调的美。但他们不像中国的旅游景点,民族服装多成了吸引游人的一种道具。这里的百姓只有逢到节日或贵客光临,才穿上民族服装,如同穿上礼服,以表示对客人的尊重。故而,一碰见这样的人,本地的色彩就活了起来。但这也不能复制。虽然服装可以照样做几件,人却无法复制,总不能叫咱的"老张小李"怪模怪样地穿上这种洋民服,在仿造的哈尔施塔特的街上逛来逛去吧。

既然古镇的精神、气质、历史、风俗、生活气息、审美情趣,是一种生命,都无法复制,看来能复制的只有那些冷冰冰的建筑空壳了。然而建筑上的历史感——历史感也是生命感,也还是不能复制。那么,哈尔施塔特还担心什么呢?

我刚刚驱车到哈尔施塔特时,在镇口的湖边草地上,遇到该镇的镇长舒尔茨。那里正在举行此地一条洲际公路的百年纪念活动。我的朋友把我介绍给他,我便把带在身上的我写的《萨尔茨堡手记》送给他。他很高兴,请我在书上签名,很客气,但我分明觉得这只是一种礼节性却保持距离的客气。

我心里明白,当时为了中国人要复制他们的古镇正议论纷纷,显然他不明白我的来意。

待我走出哈尔施塔特,到了村口,我很想再碰到舒尔茨,但那里的活动已经结束,人已不见。我真想告诉他:你可别叫"复制"这个词儿闹昏了,这些年中国不少地方都在仿古、重建、复制,什么唐代宫殿呵、明代城墙呵、清代大街呵,甚至还要复制和重建圆明园,而做这种事时,谁也不会对文化认真。我们自己的古镇还说拆就拆呢,谁会拿你们的古镇当回事。我想说,别急,哈尔施塔特,这不过是一场商业的游戏罢了。

2011.7.13

维也纳怀旧

"怀旧"这个词儿可不能乱用,除非你和它有很深的交往——就像我与维也纳。

我与这座音乐之都交情匪浅,二十多年来,先后去了六次,在那里居住的时间加起来已超过半年。一次性在一个地方待上半年,与一次次去到那里或长或短住一段时间累积成半年可不一样;唯其这样才会不断加深,才有累积,日后才有怀旧可言。

再有,如果你与一座城市交往,还不能只在酒店里住几天看个新鲜就走;你得踏踏实实住下来,买菜烧饭,到市场选些此地特有的鲜花,把房间生气盈盈地布置起来。一句话,你得沉下心生活在它的怀抱里,才能嗅到它的生命的气息,与它深交。

记得上世纪八十年代末,我来参加这里举办的艺术活动,那是头一次来。人住在巴登,抽空来看一看久仰的维也纳。我坐在一辆小车上,沿着环绕皇城的戒指路转一圈,可谓"跑马观花"。即便如此,也被这座名城华美的巴洛克风格,到处站在房檐和楼角上精湛的石雕,以及当年奥匈帝国留下的豪气惊呆了。记得那次连见才子型的大使杨成绪也颇有点浪漫。杨大使因事去外交部,不能在使馆见我,我又只有这一点时间,便约好在分离主义绘画博物馆旁的街角一见。我坐的车子刚到,杨大使的"快骑"已至。他从车上跳下来,脖子上飘着领带。他对我说:"维也纳这地方你要来住一阵子才行。"

这句话我记住了。每一次都住一阵子。在维也纳我住过四个地方。就像我人生住过的旧居,许多细节不但记着,还常常怀念。

比如我住在十一区那幢租自一位台湾人的公寓房里,小小阳台外竟是一片七八亩大小的森林。真想不到居民区里还藏着一小片森林。要是给我们,还不早开发成一片高楼大厦了吗?待到日暮,这黑黝黝的树林里开始散发一种凉滋滋又浓郁的木叶的气息,一直把周围所有的房舍灌满;待睡上一觉,早晨给鸟儿们唤醒时，感到肺都透明了。

我称这小小森林为"维也纳森林"。住在房子里那些天，每到黄昏便沏杯香茶坐在阳台上享受一种神奇的感觉——在城市中间享受大自然。

这次我在旧多瑙河以东新区的住所里，日暮时还是端一杯茶坐在阳台上。这次眼前不是森林，而是整个城市的远景。其景象一样使我惊讶。这惊讶不是因为"现代化"的楼林车蚁和满城灯火，而是空气清澄得一直可以看到几十公里外卡伦堡山

◇维也纳街头一景

上的小房子。维也纳的天际线接近地平线,最远的房子看上去比小米粒还小,却在夕照中一颗颗明亮夺目。我在哪个城市还能见到如此奇观?北京不行,纽约也不行。因为,这些城市都没有维也纳人对环境保护那么自觉。

我已经从心里认同了维也纳人的观念。如果车子里热了些,也不吵着开空调,而是摇下窗子,让风吹进来;我还学会了垃圾分类,学会喝自来水。维也纳所有龙头拧开,自来水都能喝,这不是被百般呵护的环境对维也纳人美好的回报吗?

我还认同他们的一种幸福观,享受生活就是享受生活的美。比如大自然的鸟语花香,各种各样的咖啡,艺术设计,特别是音乐。

我特别喜欢勃拉姆斯那句话:"在维也纳散步可要留心,别踩着地上的音符。"

每次到维也纳听音乐更喜欢去到城外那些当年酒家,那里的几家古色古香的乡村酒店的白葡萄酒是我的最爱。当葡萄的精灵在口腔里醇香散发,不知哪个角落忽然响起的音乐就像风一样吹进耳朵。美酒与音乐是所有维也纳人的情人。只要音乐一起,歌声必然相应。我喜欢这种从生活里生发出的"人

◇当年酒家

的音乐"。

我在维也纳的许多时光都消磨在斯蒂芬大教堂对面那些老街老巷里。至今我还依然会在这些小河一般拐来拐去、又狭又长的街巷中迷失方向。我不明白缘故,我说我至少来过几十次了,怎么还迷路?

朋友们笑道:你被街上那些老店迷住了,哪还记得路。

这些店多是古董店、书店、画廊、艺术品拍卖行。维也纳一部分历史与文化的精华在这里。从这些店我买走过奥地利和意大利石雕、毕德迈耶的油画、托尔斯泰与但丁的雕像,还有老照片等等。当情不自禁地将维也纳历史的羽毛拾起来,放在我的家里,便感觉自己和这个城市的根纠结起来了。

我在这些老街认识一些人。比如一位犹太古董商,瘦小,秃顶,一双亮亮的大眼睛透着精明,他已经八十岁了,依旧一个人有滋有味地开店;开店于他,一半是消遣。他专营古埃及、两河流域和印度的雕塑;他挺博学,店内书架堆满图书。我每次来都会到他店里和他聊聊,时不时会聊出一点东西来。

只要到维也纳,那里的新老朋友——艺术家、大学教授、外交官、博物馆研究员、收藏家、华人餐馆的老板、医生等等,不用通知便会找上门来,看望我,帮助我,那可真有点像"出门在外,回来看看"时的感觉。

一个城市里如果没有朋友,它跟你最多只是过客般的相识而已,如果有了朋友,你和这城市就有了非同一般的关系。多一位朋友,多一份精神与情感的内容;但少一位朋友,就会出现一个空白。

比如我的老朋友法格尔。我是他主持的联合国教科文国际民间艺术组织(IOV)的副主席。我们有二十年的交情。我俩志

◇圣米歇尔大教堂夜景

同道合，但他对民间文化比我更痴情。为了维持IOV这个纯民间的国际组织，他几乎倾家荡产，用尽所有家财。当年我住在波兰一所大学里，生活艰苦，他竟带着许多"可口可乐"跑到波兰，用那里稀缺的饮料打通关系，为我每顿饭菜添一个肉丸儿。

二十年里，我们不仅在许多国家的会议与活动中高兴地碰面，我还多次把他请到中国，请到天津。我们语言不通，没有翻译时就彼此拍拍肩膀或挤挤眼，表达心中美好的感觉。

如今法格尔去了。我相信他是为心中之所爱而付出了自己。但没有法格尔的维也纳便有一个空白，一点无奈的缺失，我每到维也纳都会感到。

说一点快乐的吧。

我说过，如果我的绘画、文学和文化遗产保护的观念一样不缺地到哪里，完整的我才算到了哪里。

幸运的是，我在维也纳举办过名为"温情的迷茫"的画展，出版过小说，还在维也纳大学做过文化遗产保护的演讲；而在这里还多了一样——应他们国家艺术部之约，为维也纳城市写一本散文化的文化游记《维也纳情感》。他们希望更多中国人看这本书,而这本书中的一节《花的勇气》已成了现今中国小学语文课中的一篇了。每年成千上万的中国孩子可以读到。

  我最喜欢住在维也纳时,因为有事飞到其他国家一趟,待事情结束返回维也纳的那种感受。先是下飞机,出边检,拿行李,然后是友人笑呵呵地接机,上车回到自己的住处,掏出钥匙打开门,我会说:回家了。

  这当然是一种错觉,因为我的家在遥远的东方的天津。但这种错觉有时很美好,人生中不能缺少。

2011.7.14

一个画家和一个国家

如果你去过奥地利，今年再去，一定会发现它变了一个样——好像被什么魔法金灿灿地包了起来。一种异常强烈又华贵的图案，镶嵌宝石样的色块，斑斓华丽的氛围，还有那个标志性的一男一女浪漫相拥的绘画——《吻》。

这是世人皆知的奥地利分离主义绘画大师克里姆特的艺术与风格，但为什么被如此放大与张扬？

今年是克里姆特诞辰一百五十年。克里姆特是奥地利国宝级的艺术家。奥地利全国要用这一年的时间纪念克里姆特，全国不少城市都忙着举办克里姆特的画展及相关活动。2012年无疑是他们的克里姆特年。

然而，我发现在全球化的时代，克里姆特正在被商业利用。

◇克里姆特的《吻》

从街头各类商店的各种商品中，几乎全能看到克里姆特特有的色彩与符号。他的画面、图案、线条、色块被应用到T恤、丝巾、月历、餐具、花布、酒杯，甚至沙发靠垫、笔记本封面、化妆盒、项链坠、笔筒与钢笔、明信片、领带、手机套和电脑袋等一切物品上。他被几近疯狂地开发着。当艺术被如此频繁地转化到应用商品上，是否会沦为浮浅，失去了崇高？

懂得艺术的奥地利人会这样做吗？

我把这个问题告诉在奥的朋友，他们笑了，说我应该到太子宫、分离派会馆、克里姆特的故居去看看，尤其要去七区的利奥波德美术馆去看一看克里姆特的生平与艺术展，那样我自己会找到答案。

太子宫里珍藏着克里姆特和席勒的许多珍品，我曾去过两次，没有再去。这次去了其他几个地方，真的使我对克里姆特"现状"的担忧发生变化。

记得三年前在维也纳，曾到十三区去看克里姆特人生最后一个画室（1912—1918）。那栋上下两层巴洛克式的老房子已经空无人住，由于地处一个规划的新区内而面临拆除。一些志愿者站出来坚决捍卫这个失不再来的历史空间。我当时还写过一篇文章《保卫克里姆特画室》声援这些志愿者。朋友们说我："你把文化遗产保护搞到奥地利来了。"

如今再到那里看看，正在加紧整修，看这种生机勃勃的样子，应是很快就要竣工了，显然克里姆特的价值被进一步认识到了。

再去几近市中心的分离派会馆，也不同以往。这里有克里姆特绘制的壁画名作《贝多芬第九交响乐》，但展厅很高，壁画在四壁的上半部，平时即便仰头也难以看清。今年为了纪念克里姆特，由一位年轻的艺术家设计了一个带阶梯的钢架，可以登上去近距离欣赏克里姆特的壁画原作，我对他沥粉后贴金箔的技艺尤感兴趣，他使用的技术竟与山西彩塑造像的"沥粉贴金"的手法全然一致。

待到去著名的利奥波德美术馆看克里姆特的生平与艺术展，所获更是非同寻常。首先是策展人的思想高度及布展的方式，令我钦佩。他将克里姆特绘画作品与人生文献对照展出，也就是将艺术家的"文本"与"人本"合为一个整体摆在观众面前。展览中没有任何结论式的文字，结论由你自己得出。

克里姆特是一百多年来一直备受争议的人物，至今也没停止。他在欧洲画坛一登场就遭人非议。他的绘画从主题到内容针锋相对地颠覆着文艺复兴以来占据统治地位的古典主义美学。他拒绝与美术学院合作，旗帜鲜明地与传统决裂般地"分离"，挑战当时的法律与秩序，甚至否定科学；从而把千姿万态随心所欲的人性形象挥洒在画布上，并推向极端；他那些挑逗的放纵的欲望的裸体，充满诱惑又无所顾忌地涌入这个欧洲古国的视觉里。

同时，他不安分地把羽毛、玻璃、金箔银箔置入画中，与那些从埃及、印度和中国装饰性艺术中汲取的文化元素奇妙地融合起来，形成他特有的华贵又斑斓的风格。传统的精英绘画是贬斥民间手艺的，但他却凭着自己非凡的才华，让它们在高贵的艺术殿堂里站住了。

展览中关于他父亲是银匠、兄弟是装饰工艺师的鲜活的资料，使我寻找到他采用沥粉、贴金、镶嵌等工艺手法的由来。自小家庭对他的影响与熏陶不仅是一种技艺，更是审美的习惯。

我特别欣赏策展人将克里姆特的生活照片——特别是那么多给他的情人艾米丽的明信片放在展柜中。二十年中，他狂恋着模特艾米丽，却一直没有结婚。艾米丽还是服装设计师，克

◇人物的背景布满了来自中国民间的艺术形象

里姆特穿着她设计的袍子,她的情爱给克里姆特以不间断的灵感与激情。克里姆特过分依赖着她,见不到她时会一天给她写几张明信片。浪漫又放纵的生活使他遭受种种非难,但这正是他颠覆传统的源自个人的生命性的根由。

尽管克里姆特直到今天仍不是一个完人。但时过百年,人们已经能够客观地看待他在艺术史上变革的价值与开创的意义。

奥地利能够最终接受他的另一个原因,一是这个音乐之国人文的本身就是浪漫的,尽管克里姆特的浪漫走向极端;二是这个国家的艺术与生活很近,他们崇尚生活中的艺术,而不是让艺术高高在上,虚无缥缈。无论是施特劳斯的华尔兹和舒伯特的歌曲,还是充满装饰色彩、到处可以应用的克里姆特和百水的绘画。奥匈帝国哈布斯堡皇家生活气息至今令他们自豪与陶醉,巴洛克艺术的豪华的装饰美在他们的城市历史中无所不在;艺术的抒情性、甜美性与享受性在奥地利最容易找到知己。无怪乎,在全球市场化的今天,克里姆特充满卖点,无论是内含的性爱还是艺术的装饰性。市场向来都是冲击道德底线的。性是当今商业市场的卖点之一。

然而,奥地利人知道克里姆特更高的意义并不是在市场而是在美术馆和博物馆里。

当市场千方百计在克里姆特身上寻找商机时,文化人要做的事是把伟大艺术放在人们精神的天堂,而不是相反。

2012.10.4

从简朴到简约

在北欧,尤其是奥斯陆的大街上,你会感到城市一种非常舒服的整体性。它没有历史与现代的断裂与分离,而是和谐地浑然一体。这不仅是建筑外部,连建筑内部乃至家具风格也是一样。你在他们的博物馆里看到那种传统生活中纯朴的直线、那种很少人文雕琢的简洁、那种木头柔韧的材质与本色的生态美,也鲜明地在他们现代的生活中被使用着、表现着、享受着。

今天的他们依旧喜欢用新鲜的原木把屋顶装饰得像昔时的农舍,喜欢木头立柱,喜欢没有花纹雕饰的桌椅,喜欢用光洁的木板组合起来的衣柜与书架;但这不是不动脑子地去模仿传统,而是加进去一种后工业时代崇尚的简约美与现代科技能力包括精细的切割与抛光的技术,而使其成为现代审美中一种自己文化主体元素。

它给我十分深刻的印象,他们已经成功地将自己即北欧传统审美的简朴转化为现代审美的简约。审美是文化中深层的要素。他们已经完成了自己的现代文化。

北欧人这种从传统到现代的审美转型,是有历史文化优势的。首先它们的历史较为单纯,没有太多的文化的更迭;再有是地处偏远,距离几个重要的欧洲文化中心如佛罗伦萨、巴黎、法兰克福等都较远,源自这些中心的一些重大的文化思潮,如同发生在地震的震中,到了北欧影响就大大减弱。比如崛起于十七世纪意大利的巴洛克文化,那种跃动的曲线、华丽的图案,以及流光溢彩,在巴黎和维也纳几乎盛行了二百年,弥漫了整个朝野,但对北欧的文化及其审美影响却甚微。在北欧人的审美中几乎找不到巴洛克的文化成分。没有过深过重的人文积淀,反而使北欧较轻松地找到自己在现代文明中的文化位置。

比较起来,中国就麻烦多了。自汉唐以来,中原汉文化的审美似乎一贯而下。特别是明代的审美雍容大气、敦厚沉静,从中可以清晰看到汉之博大与唐之沉雄。然而到了清代,入主中原的满族皇帝们对生活文化表面化奢华的欲求,驱使整个社会的审美发生变异。特别是乾隆盛世，审美的繁缛与炫富感走到极致，完全脱离了传统审美的厚重与含蓄。可是到了清代中期之后，国力的衰败便使这种奢华的追求无法企及而日渐粗鄙，审美能力和审美标准遭到破坏。此后则是外来文化的冲击，以及在"不爱红装爱武装"时代，国民的美育和审美品格已不被提倡。当整个社会由传统的农耕社会转向现代的工业社会时，我们已经无所依据和无所凭借。社会审美像没头苍蝇乱撞。或是呆头呆脑地仿古，或是跟着洋人亦步亦趋地做"现代秀"。如何在审美上从传统向现代过渡，成了当代文化的大难题之一。没有现代审美，也就提不到真正意义上的现代文化。

再看看北欧人。看似他的传统的横平竖直和很少雕琢，极容易与现代工业审美结合，其实不然。比方，他们与德国人不同。有着重工业传统的德国人更喜欢用钢铁作为建筑与器物的材料。北欧人则坚持使用他们传统的木头。在这些森林茂密、盛产木材的国家里，他们在温暖的木屋里，使用木头造床、桌椅、盆罐、勺子和笔杆来生活。木的文化深入到他们的骨头里。今天他们依旧坚持使用这种具有亲切感的材质，而且决不刷漆，以凸显木头的本色与气息。这样，木头本身的质感与色泽，已成为北欧人简约的现代审美的元素。如果说德国人的现代审美多一些冷峻,他们则多一些亲和。

◇北欧日用品的新设计

　　北欧人从传统到现代的审美过渡,不是听凭自然、稀里糊涂地完成的。我想它来自两方面。一方面是经过知识界,即建筑界、艺术界等长期的创造性的努力与探索。瑞典是崇尚发明和设计的国家。瑞典朋友告诉我,他们在使用自己的传统元素时,要做认真的考察和研究,决不草率。在这一点,看看瑞典人的家居装饰的连锁店"宜家"里的各种物品就会一清二楚。

◇库尔图一家设计师独出心裁构思的咖啡店

另一方面是公众的认可。没有公众认可,就不会成为集体审美。只有成为集体审美,才是一种时代的文化特质。

然而,这公众的认可需要全社会有着现代审美的要求,需要整个社会具有较高的审美素质与文化水准,这就必要有美育教育,可是我们至今还没有把美育列入素质教育。还有,知识界的努力是重要的关键。如果我们只去克隆舶来的"现代",或者在传统中找卖点,我们自己的现代审美则无法建立起来。我很欣赏奥运会中的中国印、祥云和开幕式中"画卷"的设计,这是一种积极和精心的努力。当然,还嫌太少,还只是在设计范畴的个别成功的范例,更大的文化问题是我们的现代审美。而这种时代审美是不会自动转换与完成的。如果现代文化建立不起来,留下的空白一定会被商业文化占据。就像当前充斥于我们社会的粗鄙又浮躁的"暴发户审美"。

在这一点上,北欧人的做法会不会给我们一些启示呢?

2009.10

从圣彼得堡到杨柳青

年画狂人阿列克谢耶夫

一进入圣彼得堡,我就有种异样的亲切感。这并不是由于我读过许多俄罗斯作家写的彼得堡的故事——我的"心灵"还不止一次在果戈理笔下的涅瓦大街上散步呢!我对它的亲切感,来自上个世纪这里的一些人,他们对我的城市特有的杨柳青年画痴迷如狂。因此,圣彼得堡所珍藏的杨柳青年画,数量之巨,品质之精,天下无双。

在我访俄之前,南开大学的俄语教授阎国栋先生送给我一本他刚刚出版的译作。我接过一看,竟是从沙俄到苏联时代圣彼得堡著名的汉学家阿列克谢耶夫的《1907年中国纪行》。这可是国际汉学界的一部名作。阿列克谢耶夫用了毕生精力研究民间文化，包括中国木版年画，还专门来到天津杨柳青收集年画呢。这本书就非常详细地记载了他那次杨柳青之行的全过程。我手头上早就有这部书的原版，但不通俄语，入书无门。幸好阎教授的译笔流畅又老到，涉及那些古老事物，都译得十分精准。这便使我如同进入时光隧道，与阿列克谢耶夫一同走进上世纪初北方中国以及古镇杨柳青。尽管近十年来，我年年都要

◇阿列克谢耶夫《1907年中国纪行》封面

去一两趟杨柳青,但进入1907年的杨柳青还是第一次。

阿列克谢耶夫对中国年画的兴趣,源于一位俄国植物学家科马罗夫。这位科马罗夫于1896年和1897年两次到中国东北采集植物。由于他对中国百姓的生活风俗产生了浓郁的兴趣,便喜爱上了充满生活意趣的年画。在中国民间艺术中,年画是最丰富地表现民间生活的。而清代末期又是中国木版年画的极盛时代。虽然科马罗夫两次来华并不在过年的时候,但是他随便走进哪一家杂货店都可以买到朴拙而美丽的民间年画。那时东北各地所销售的年画大都来自天津的杨柳青。科马罗夫所收集的三百幅中绝大部分是天津人的手笔。

一年以后,科马罗夫在圣彼得堡俄国地理学会举办了一次别开生面的展览,展出这些来自中国的神奇又诱人的民间艺术品。这次展览应该是世界上第一次中国年画展。

在展览的参观者中,有一位圣彼得大学东方系的学生被迷住了,他就是阿列克谢耶夫。尤其一幅年画画着"一个头形怪异的骑鹿老人,身边还有一只手持铜钱的巨大蟾蜍",使他觉得莫测高深,却又被强烈地吸引。他决心破译中国年画深邃而神秘的文化内涵。在此后的留学进修中,他从欧洲转入中国。

1906年秋季他到达北京，并且马上开始动手收集中国民间木版年画。转年，他就随同法国汉学家沙畹到北方各省进行实地考察去了。

沙畹也是一位国际著名的敦煌学者。他此行的目的是为研究司马迁而考察汉代的古迹。阿列克谢耶夫的目标则对准中国民间。除去广泛收集民歌、儿歌、唱本、寺庙掌故之外，主要是年画。第一去处自然就是天津杨柳青。

他们于1907年5月30日乘火车由北京抵天津。在老龙头车站下车，然后租一条船顺着大运河南下，第一站便是阿列克谢耶夫日思夜想的古镇杨柳青。他们泊船上岸，开始了奇异的"年画之旅"。

在阿列克谢耶夫笔下，杨柳青真是全世界都少见的文化之乡——画乡！杨柳青满街满镇无比灿烂的年画使这两位汉学家受到很大的震动。他在笔记中写道："说实在的，我不知道世界上哪一个民族能像中国人民一样用如此朴实无华的图画充分地表现自己。这里描绘了他们多彩的生活和神奇的世界。有讲述传说、寓言、神话的；有进行道德教育、针砭时事的；有漫画，桃符，画谜；还有张灯结彩和披红挂绿的年画。"他感觉自己已经被年画的海洋淹没了。

杨柳青镇上一些年画作坊里的画工,对这两位洋人迷惑不解。看模样分明是洋人,中国话却说得极好,谈论年画时又全是行话。他们到底要做什么?阿列克谢耶夫首先是要买年画。看到这样如花似锦的年画,他感到自己的"胃口大开"。他近于疯狂地大量买画,连沙畹也情不自禁买了许多。当时木版年画极其廉价,一张"贡尖"不过三分钱。当然,如今在俄罗斯至少要花几百美元才能买到一幅,而且已经很难找到卖家了。

阿列克谢耶夫的收获绝不是在经济上的。在那个时代,一方面西方印刷技术尚未进入中国,中国木版式年画正处在它"最后的辉煌"。不仅品种极为浩繁,而且制作之精美达到了顶峰。另一方面年画仍处在应用阶段,中国人自己尚没有把年画视为文化。年画是纯消费性的,用完就扔掉;它一边生产一边消费,谈不上保存。幸亏有阿列克谢耶夫这些俄罗斯人。他们是从文化角度来对待中国年画的,并且致力于收集与考察。从历史意义上看,他们的行动无异于一种文化抢救。尽管他们并没有这样想,却为我们保护了一笔极为重大和珍贵的文化遗产,否则这段历史便是一片空白。据统计,单是阿列克谢耶夫收藏的中国年画就有四千幅,其中有大量的绝版作品,现在全都保存在冬宫的艾尔米塔什博物馆里。这批年画是天津艺术博物馆的收藏无法相比的!

阿列克谢耶夫的贡献不止于收集与珍藏。他在收集的同时,对这些年画的内容与含义,以及使用规范做了大量的记述。由于民间艺术的创作者大多是文盲,民间艺术的特征之一是利用形象名称的谐音而寓意其中。阿列克谢耶夫买画时,每有不明之处,都要向坊间的民间画工请教画中的"含义"。然后他把这些"含义"记在纸条上,贴在年画的右边,以防忘记。比如一幅编号为549号的年画上画着一只仙鹤,头上飞舞着三只蜜蜂。仙鹤红顶,象征官品,取意于"品"字;"蜂""封"同音,取意于"封"字。一只仙鹤,谓之"一品";三只蜜蜂,谓之"联封"。合在一起,便是"一品联封"。如果不是阿列克谢耶夫记了下来,恐怕现在我们中国人都很难猜到了。

这样有价值的记载在阿列克谢耶夫的笔记与日记中比比皆是。

阿列克谢耶夫在《1907年中国纪行》中还记着他在一家小旅店看到火炉旁贴着一幅性内容的画。他问旅店的伙计为什么要把这种画贴在炉旁？伙计告诉他：天（阳）地（阴）之交，便要下雨，阴阳之交也是男女之交。雨可以灭火，把这幅画贴在炉边，可以避免火灾发生。我想，这应该就是杨柳青年画中的《避火图》了。我过去只知道《避火图》是对新婚子女性教育用的，大多是手卷式。我自己也有这方面的收藏。我还知道这种画在画店里不能公开展示，卖画者只能把它放在隐蔽处（如门后边或屋里门楣的上方）。现在才知道《避火图》还有单张的，并且可以公开张贴，以避火除灾。

文化学者府宪展先生告诉我，他在艾尔米塔什博物馆的库房内看到一件极其特别和珍贵的东西，是当年阿列克谢耶夫请一位孟姓的杨柳青老画工给他用文字写下的每一幅年画的故事，包括画中每个形象的寓意。每画一纸，线装成册，四册一函。我想这套资料中一定有大量的久已失传的极其珍贵的内容。阿列克谢耶夫做得有多么好！

阿列克谢耶夫于1912年回圣彼得堡后，对这批年画进行了深入研究，写了许多著作，这些都是最早的关于天津杨柳青年画的论文。其间（1910年），这位"年画狂人"还跑回圣彼得堡，把收集到的年画挂在国家地理学会大厅里请大家观摩。应该说最早的中国年画展览都是在俄罗斯进行的。近些年我们文坛艺坛总闹着"走向世界",却不知老祖宗们所画的画儿早就堂而皇之地挂在海外了。

由于这些背景原因,去看这批珍藏于一百年前的天津杨柳青年画就成了我圣彼得堡之行的一个渴望。

1896年和1897年的中国年画

在莫斯科期间,俄国著名的汉学家李福清来旅店看我。我们已有二十年的交情。他在八十年代翻译过我不少小说。现在他是国家科学院院士,主要研究中国古典小说、河北梆子和民间年画。而且正在做一件很浩大的事,即编写"俄藏中国民间年画总目"。我对他笑道:"你这件事可以列入我们的'中国民间文化遗产抢救工程'了。"

他来告诉我一个好消息说,圣彼得堡的俄国地理学会邀请我去看他们收藏的中国年画,总共有三百幅左右,就是科马罗夫在1896年和1897年在东北收集的那一批画,也正是这批画使得阿列克谢耶夫与中国民间年画终生结缘。李福清说,这批画中有二十幅是苏州桃花坞的,其余全出自天津的杨柳青。李福清是阿列克谢耶夫的入室弟子，可能为此，他也是一位中国民间年画的行家，而且也像阿列克谢耶夫一样到杨柳青做过考察，并参观过现今唯一保存的年画作坊——霍氏家族的玉成号。

于是，我随同译员在圣彼得堡穿街入巷，去寻找俄国地理

◇圣彼得堡夏宫的风光。原名彼得宫，是彼得大帝的夏日行宫。竣工于1723年8月15日。夏宫以多彩多姿、意趣横生的喷泉著称于世

学会，当然也是去寻找我津门先人一笔罕世奇珍的百年遗物。

圣彼得堡是谢绝高楼大厦的。俄罗斯人有着强烈的历史精神。他们城市的历史气息浓厚而深郁。当我穿过一条狭窄、弯曲、铺着石板的小街时，发现地上的石板竟被日复一日的车轮轧出许多辙痕。这是历史的年轮还是时间的足迹？我走过一道铁栏小桥。桥上站着一个女子，裹着一条黑色的披肩，这不是

◇涅瓦河上的古帆船

《白痴》中的娜斯塔西娜吧?

我终于在一条满是阴影的横街上找到俄国地理学会。一座很古老又很美的房子,门上不仅有最早的铜质门牌,还有苏联时代的国徽。一位修长而优雅的中年女子在等我们。她叫玛特韦叶娃,是地理学会档案部主任。她长长的脖子,矜持的微笑,又白又亮的脸儿,使我想起别留洛夫的《女骑手》。在她引着我沿着宽敞又高耸的楼梯拾级而上的时候,我脑袋里幻想着一百年前这里举行世界上第一次中国民间年画展览的情景。就是这里,与我的家乡天津有着神秘又悠长的联系。一条比金子还贵重的文化的线,一直延伸到今天,还把我牵引而来。

他们把准备工作都做得很好。年画就放在一张巨型的桌子上。我几乎把背包一放,就扑向年画。在我掀开这些画时,仍很惊讶,我这些"老乡"怎么会待在这里?

我边看,边记录,边做初步的研究。

我这次所看的年画共248幅。据玛特韦叶娃说,还有一些年画残损较重,没有拿出来。她说,这些年画有232幅是杨柳青的,16幅是桃花坞的。经我初步确认,在被他们认定为杨柳青的那部分中,约有10幅应属山东杨家埠年画。如《九九消寒图》

《九凤朝阳》《吹笙（催生）娃娃》等。杨家埠年画构图饱满，风格粗犷，人物的神情都很憨直；而且杨柳青的娃娃圆头圆脑，杨家埠的娃娃方头方脑；此外在制作上一概采取套版，不用手绘，一望便知是山东潍县杨家埠村的作品。由此可见，在清代晚期杨家埠年画和桃花坞年画的销售区都已经覆盖了东北。无怪乎与杨柳青并称三大年画产地呢！

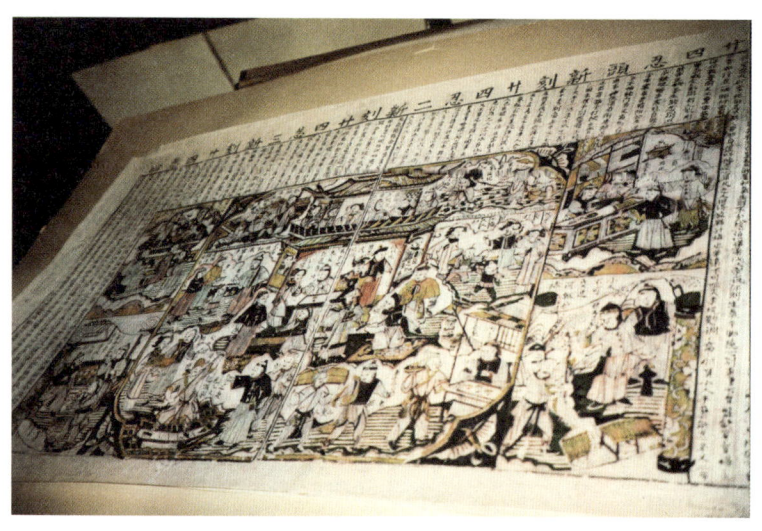

◇苏州桃花坞年画《新刻二十四忍》

这批年画中有几张《灶王爷》，上边"二十四节气表"中所标着的年代为光绪二十三年和光绪二十四年；光绪二十三年是1897年，光绪二十四年是1898年，由于每年的年画都是在年前销售，故而可以认定它们是1896年和1897年的产品。于是从这批年代明确的年画可以直接看到1896年至1897年中国年画的各种状况，研究价值颇高。

我将杨柳青、桃花坞和杨家埠三地年画做了比较。桃花坞年画已然褪色或"走色"，杨家埠年画的颜色尚好，但在杨柳青年画的比较之下，全都黯然失色。杨柳青年画的颜色艳丽五彩，历经百年，犹然如新，令人惊叹不已。关于杨柳青年画的颜料，李福清已做研究，但尚未进入我们自己的研究视野。

这批年画最珍贵之处，在于它保存了大量我国早已绝迹的作品。年画是消费性和节令性很强的民间饰品。年画是年年都要更换的，很难保存，也无人保存。故而这批年画中不少作品早已成了孤品和绝品！

从杨柳青年画历史来看，1897年左右应是历史的一个顶点。直到阿列克谢耶夫1907年考察杨柳青时，当时杨柳青的画工还有六千人，每年生产两千种年画，这在世界各国都是不可思议的！而科马罗夫收藏的这批年画，画面鲜活，人物繁多，细节充盈，色彩华美，往往画上还有数百字的题跋。这些都是鼎盛时代艺术上造极登峰的表现。其中《倭酋唾手得台北　刘义愤怒缚华山》《天津地道火轮车》《台湾军船图》等，都是当时社会生活的写真，而且全为孤本，其价值无可估量。尤其还有一幅彩色《天津图》，将十九世纪末天津的城市面貌、街区位置、古迹与要址的分布都画得历历在目，又具观赏性，足以显示当时天津在中国城市中佼佼者的位置。尤其在天津城市六百年纪念将临之际，更显出它无可替代的光彩。

当然，此行我做的最重要的一件事，便是与俄国地理学会协定合作出版这批年画。因为我看到，这批年画也应列入我国民间文化遗产抢救范畴。特别是这笔遗产不在国内，唯有用合作出版方式，才能为我们所拥有，也能为国人享用。

我将此事告知在莫斯科的李福清。李福清由于肾内有瘤，住院手术。我回国后，用电子邮件联系，他告诉我，能够协定出版这批年画使他振奋不已。他还说，住院期间他读了一本关于河北武强年画传说的书籍，受益良多，并问我有无关于杨柳青年画传说的书，他很想读一读。这叫我很感动！

我想，为什么从搜集到研究杨柳青年画的人总是俄国人呢？如果说俄国距离我们近，但为什么我们没有人去研究俄国的民间版画、日本的浮士绘、韩国的民间陶瓷与印尼的皮影？拉回来说年画——我们除去老一辈的专家王树村之外，还有几人？我们基本上没有新一代研究年画的专家！我们在年画历史上积淀了那么丰厚的财富，谁来动手清理、发掘、研究其深在的意义？对待文化遗产，顶要紧的是：一无功利之心，二有责任之感。当然还得是性情中人。可是人在哪里？

我刚刚把一本有关杨柳青年画的书邮寄给李福清。心中暗说：此时国中无人，不妨暂借洋人。

2002.7.8

拜谒阿理克

听说阿理克的墓地就在莫斯科近郊的舒瓦洛夫公墓,我们兴奋起来,临时决定加一个行程——前去拜谒,与我做伴的阎国栋教授还特意跑到超市买了一束鲜花。应该说他比我还急切。他是研究中俄汉学交流史的学者,阿理克那部数十万字的《1907年中国纪行》还是他译成中文的呢。车子行了半小时,便来到这片建立在丘陵与丛林中的公墓。我们穿林爬坡,费了不小的劲,在挤得密实实的墓群中,终于找到这位为中俄文化做出重大贡献的汉学家的墓碑。在一块差不多八平方米的墓地上,埋葬着他、他二女儿玛丽安娜·班科夫斯卡娅一家。大概如今他家后人寥寥,墓地失修已久,没有鲜花。这是每个墓地最终都要落入的景象;一圈生锈的黑色铁栏围在四周,阿理克的墓碑是黑色大理石的，上边雕刻的文字是中文；墓碑上方是一块打开的书本形状的石头，刻着"不愠"二字，这是他的斋号；中间用中国对联形式刻着两行楷体的中文字"诚意格物心广体胖，孜孜不倦教学相长"（这两行四句全出自中国的典籍），生卒年是1881年至1951年。这座碑立在周围大大小小全是俄文的墓碑中间，很特别，也很扎眼，却正表达了他对华夏文明的一往情深。

阿理克是瓦西里·米哈洛维奇·阿列克谢耶夫的中文名。他师承那位写出世界上第一部中国文学史（《中国文学史纲要》）的俄国汉学家王西里。阿理克的汉学学养及在中国历史、史料学、民族学上的学术成就自不必说。他令我尤为敬重的是两方面。一是他在国际学术界第一次提出的"中华文明是世界文化进程不可分割的组成部分"，对世界汉学的确立与发展贡献极大；二是他还是第一位中国年画学者，不仅收集年画的规模和数量举世无双，更重要的是他比中国人自己还早地将中国木版年画作为一种文化和解析中国人文的重要的实据，进行了大量的田野调查与研究，可以说他是世界——包括中国——研究中国年画的先驱，具有凿空的意义。刻下，中国正将木版年画

◇拜谒阿理克的墓地

向联合国教科文组织申报世界文化遗产，这与阿理克一百年前深远的文化眼光和付出的学术辛苦分不开。我这次来圣彼得堡还有一项工作，是与冬宫艾尔米塔什博物馆商讨合作研究与出版阿理克极为重要的年画田野调查史料《粗画解说》。

于是，我们为阿理克扫墓，擦净墓碑，献上花，致意。此时我心里在想，与我们同样醉心于中国年画的阿理克是圣彼得堡大学的教授，我的《灵性》俄文本也是这座大学的教授司格林翻译的；而阿理克的弟子李福清院士又是我的好友；我此次访俄第一天就来拜谒他的墓地……我和这位一百年前的俄国汉学家怎么会有如此之多的"联系"呢？是一种缘分吗？他的在天之灵能保佑我们年画申请世界文化遗产成功吧。

2014.9

冬宫里的会谈

这次访俄，我最想做成的是一件具体的事——与冬宫艾尔米塔什博物馆商谈关于《粗画解说》的整理、研究和出版。

中国的学界只有极少数几位知其大概，大多并不知道这部著作，更谈不上它的价值，原因是它至今尚未出版。

这部著作的作者就是俄国杰出的汉学家阿列克谢耶夫（阿理克）。1907年他在中国南北各省广泛调查和收集中国木版年画时，就开始做一项十分重要的资料性的工作：聘请中国的文人与画师为这些文化内涵十分丰富又复杂的画面内容进行解释，并记录在纸上。由于年画包含着大量的历史、宗教、信仰、戏曲、小说、传说、神话、时事、民俗与民间文化及生活的内容，又常用象征、寓言、谐音、符号、纹样来表现。阿理克说："即使见多识广的中国文人,也很难参透民间年画的寓意。"阿理克举过一个例子,他见过一幅年画上画着葡萄、毛笔、柿子和树叶,上题"陶朱事业"四个字,问了十来个人都摇头不知,费了很大劲才弄明白,原来大富商范蠡时称陶朱公。葡萄(陶)、毛笔(朱)、柿子(事)、树叶(业)正好谐音这四个字。这幅画意为祝愿经商的人能像范蠡那样,事业发达与富有。如果阿理克当初不调查、不记录下来,我们今天从何知道?

从阿理克的《日记》上看,帮他解读年画的有多人,都留下了笔迹,其中对他帮助最大的是孟锡钰和章炳汉。阿理克和他们对每幅画的研究都十分认真,不放弃任何细节。故此,这些工作最后的结集——《粗画解说》的价值就可想而知了。

据李福清院士调查,《粗画解说》共1452页(也是编号),分别收藏在冬宫艾尔米塔什博物馆和俄罗斯科学院档案馆圣彼得堡分馆。冬宫艾尔米塔什藏434页(1—434号),俄罗斯科学院档案馆藏1018页(435—1452号)。李福清在协助我们做《中国木版年画集成·俄罗斯藏品卷》而对俄罗斯的各大博物馆进行年画普查时,曾将俄罗斯科学院那1018页《粗画解说》扫描件交给我们。但这些来自画面的文字是否都有图相佐,尚未可知。

阿理克在中国人自己尚未把年画看作十分重要的文化时,就动手收集与整理了,这些记录在《粗画解说》中极其丰富和海量的文化与民俗的信息,历经一百多年,画上的不少细节已无人知晓,只有这些原始记录能够破解,其历史文化价值肯定是巨大而珍贵的。据说冬宫艾尔米塔什博物馆一直将其视若珍宝,未肯轻易出版。能把这项合作项目谈成,对我可有点挑战性。

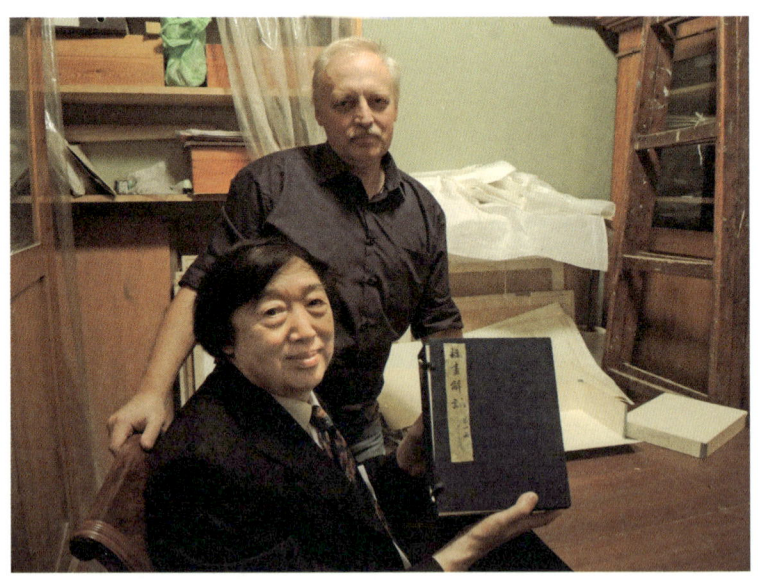

◇在冬宫里见到了《粗画解说》,后为艾尔米塔什博物馆研究员普切林

与冬宫博物馆负责人的见面是在一个长形的小厅里。五个人围坐在一个光亮的小圆桌边，包括冬宫博物馆东方部主任娜塔莉亚·科兹洛娃、研究员尼古拉·普切林、罗季奥诺夫、阎国栋和我。

关于《粗画解说》他们提出两个难点。一是曾有中国方面提出过合作，他们希望出版中、俄、英文三种文字，但中国方面的意见是只出中文，因此他们不同意。二是冬宫艾尔米塔什只收藏《粗画解说》的前一部分（1—434号），后边一部分（收藏在科学院档案馆的那部分）无法协调一同出版，这也是这项合作一直未能谈成的难点之一。

我说，我们想出的版本与你们的意见一致，用三种文字。因为出版的目的是为了研究，多种文字的版本可供国际学者研究共享。在出版上可采用分卷形式，冬宫艾尔米塔什博物馆藏本一卷，科学院档案馆藏本一卷。我们与你们单一地合作冬宫藏本卷。

他们听了，顿时神情释然，表示这样合作就好了。

跟着我进一步谈了有关合作的几个具体问题。一、合作的分工；二、文本的方式；三、合作的程序；四、经费。

一、合作的分工

冬宫博物馆提供原件（供拍照）、相关文献与已研究的成果；天津大学中国木版年画研究中心负责图文整理，归纳解说，必要的注释与说明，还有全部图文的编辑与出版工作；南开大学负责俄译中、中译英；圣彼得堡大学负责中译俄、俄译英。

二、文本的方式

文本分三部分。一是原件的影印件，配画；二是中、俄、英三种文字的印刷体文本；三是注释说明。整部书的前边要放上相关史述与论文。

三、合作的程序

先取8至10页（号），按初步拟定的文本方式做出范本。经各方专家共同研究和确定后即可全面展开。

四、申请公私基金，再议

我最后说，阿理克付出的努力是为了后代的研究，我们不能叫它永远沉睡在博物馆的仓库里，我们有责任让他非凡的历史贡献在今天发光。

我们的设想与做这件工作的目的，得到他们的赞同，这也表现出俄罗斯学者的学术境界。正是在这样共同的境界里，我们达成了合作意向。

我心里特别高兴，其中一个原因，是这项工作真正展开后，会使多方面的年轻学者参与进来和得到锻炼，这样便自然而然地与上一代李福清、再上一代阿理克的汉学一脉相承地承续起来了。

2014.9

费特节没有主席台

小说是生活的思想，诗是生活的灵魂，诗人是诗的灵魂。人们怎么对待自己生活中灵魂中的灵魂？

今天是俄国十九世纪大诗人费特的诞辰纪念。费特的出生地和墓地就在奥廖尔城外一个叫作克列莫诺瓦的小村子。据说每年逢到费特诞辰这一天，人们都要在这里举办"费特节"，好触摸一下那个犹然存在于生活中的无形的诗之魂。昨天我到达奥廖尔城。在屠格涅夫庄园里散步时，俄罗斯作家协会主席加尼切夫就与我约好，今天一起去克列莫诺瓦村参加费特节。他说他们还要向一位来自圣彼得堡的诗人维克多·马克西莫夫颁发"费特奖"。他非常希望我能即兴讲几句话。

加尼切夫个子高高，外表瘦削而严峻，但说话的音调与方式很温和；他的头发全白，红润的面孔却散发着生命的活力。凭着他大量有影响的作品，他在作家协会担任主席。一见面就送我一本他的新书。在莫斯科见面时他又送给我一本新书。

诗人的节日像诗一样自由、松弛和唯美。这非常符合费特本人的气质。

中国读者对费特并不是很熟悉。在苏俄文学十分流行于我国的年代，由于他曾经属于俄国民主主义作家阵营之外的一位唯美派诗人，而被我们因人废诗，连他那些十分经典的诗句也拒绝了，以至随同我做翻译的一位在北京大学学习俄语的学生问我：费特是谁？

春日欢快的阳光把一切颜色都照耀得加倍艳丽。葱头状教堂镀金的屋顶，在纯蓝的天空背衬下金黄夺目。教堂后边的阔地上，一支乐队正在演奏着古典弦乐曲；不时还穿插着一些歌手演唱的短节目。看来他们很注意不同场合的文化性质，所以没有一支流行曲调和歌曲扰进来。不少人聚在那里静静地倾听和欣赏。没有座椅和矮凳，站累了的人就坐在绿草地上。人群中穿着传统民间节日盛装的男男女女分外抢眼。没有人安排他们这样装扮。克列莫诺瓦村的村民喜欢用这种方式来纪念自己的诗人。还有些村民把自己手工制作的传统民间艺术，比方泥玩具、桦树皮盒、线绣等等也顺便带来，摆在一些临时支起来的小桌上出售。其中有一些泥鸡泥狗泥马很像我国河北省白沟的泥玩具；形体简洁，有神，颜色夸张；泥鸡泥马的尾巴处有一个孔，用来吹气；侧面一边还有一个孔，用两手的食指来调节，可以吹出婉转变化的音色。自从八十年代现代化狂潮骤至，白沟一带成了驰名北方的廉价的"进口"商品批发市场，泥玩具荡然不见。记得那时我还跑到白沟周围几个村子里寻觅泥玩具的踪迹，结果双手空空。现在，这种乡味十足的小东西居然出现在费特节上。但是随着他们现代化和全球化的进展，是否早晚有一天也会像白沟一样消失掉？我赶紧掏钱一样买了一只。同来的伙伴笑道："大冯抢救民间文化，抢救到俄罗斯来了！"

教堂这里本来就是村民集聚之地，今天又赶上周末，再加上从全俄罗斯赶来的费特的崇拜者们，总共得有一千多人。

我左顾右盼。我的同伴问我："你在找什么？"

我说:"我怎么看不见会场,主席台呢?"

加尼切夫对我们的安排可谓用尽苦心——他请我们先到教堂内去听唱诗班演唱的赞美诗。唱诗班的成员大多是中老年人,指挥更是白发苍苍。显然他们合作很久了,又极认真。于是他们把这种无伴奏的歌曲唱得立体而富于层次。唱着唱着,歌声好似一个博大而纯净的空间;我在这中间站着,就像身在巨大无比的音箱里。我虽然听不懂这些歌的内容,但我感受到一种虔敬的气息。我觉得我的心已经被这些歌曲渲染足了,加尼切夫就招招手,引我们走出教堂,绕到后边。费特的墓就在那里。石雕的墓碑立在教堂的后墙前,石棺放在教堂的地下室里;从一个石头砌成的窄窄的门洞走下去,可以观瞻到费特的葬身之处。石棺是深灰色的,上边放着鲜花和松枝,撒着淡粉红色的花瓣。

墓前是一片小小的树林,林间一块空地。阳光透过树隙,晃动的光斑使一切——无论是教堂的墙,地面,墓碑,还是人们都充满了灵气。一个小凳子上放着一台普普通通的手提式录音机,轻轻放送着拉赫玛尼诺夫略带伤感的小夜曲。从录音机的输入端口还接出一个立式麦克风。这麦克风立在人群中央。

◇诗人费特（1820—1892）的墓碑

没有主席台。如此简易便是俄罗斯著名的费特奖颁奖的会场了。此时，已经聚了二三百人。没人大声说话。音乐渐隐之时，会议悄然开始。

我对我身旁的同伴说："比起来，我们的文化节更像大工程竣工的剪彩仪式。"

会议的程序也像诗的片段。所有讲话都是即兴的，凭借着感情与激情。因为在这里，任何公文式的套话和照本宣科都会叫在场的诗人们耻笑。

一位副州长讲道："我们纪念古典的文学大师，是为了生活更美好。尽管这些年我们的社会还是不尽如人意。但我们要通过这些方式，使人们知道什么是最重要的，用什么方式生活和怎样生活。"

这句话我总觉得是对我们中国人说的。我们社会繁荣，但我们物欲横流；我们囊中鼓胀，但我们仍是物质第一。我们认准文化只有成为商品才能生存，而把本来是精神性的文化也当作消费对象和刺激消费的方式。

诗人马克西莫夫从加尼切夫手里接过雕有费特像的奖牌之后，他的答谢词是借用费特的一首诗。随后是诗人们一位位上来朗诵费特的名篇。一位金色短发、鼻子小巧、穿长裙的女诗人，一位干瘦、披长发、留着山羊胡须、面色忧郁的男性诗人，还有另一位男性诗人矮胖而略带神经质，他们都很年轻。他们每个人的诗朗诵在这个活动中，都像一个独特的诗句。

卡斯特洛夫·费拉季米尔·尼古拉耶维奇是一位当代著名

诗人。他的诗作曾经由高莽译介到中国来。这位儒雅和沉静的诗人朗诵的是费特的一首献给母亲的诗。我身边的翻译已经无力把内容传达给我。卡斯特洛夫却很动情。尽管我完全不懂俄语，但我深信俄语朗诵起诗来不亚于音乐。卡斯特洛夫朗诵过后，他急速转过身来，我看见他眼眶里亮晶晶晃动着泪水。他穿过人群，背过身，面对一片白桦林用手背抹着眼睛。另一位诗人过去伸过胳膊搂住他的肩膀，表示是知己，给他以支持。这使我很感动。因为至少十五年，我没在中国任何文学活动中看到过这种景象了。在我们颁奖会上，只有一串领导说套话，以及获奖者捧着奖牌傻傻地等候拍照；我们的文学研讨会上，也常常是黑色乃至准黄色的幽默，耍贫嘴，相互调侃，哗众取宠；只有蔫损式的机智而没有真诚。

逢到我讲话时，我便说："今天天气出奇好。在北京也难得有这样好的天气和阳光。我想，一定是费特眷顾着我们。费特在天上，诗人的灵光照耀着我们，也照耀着马克西莫夫，我向马克西莫夫祝贺！你们朗诵诗的时候，我听着，也看着。虽然我不懂你们的文字，但我看得见你们脸上的表情。虽然我不懂你们的诗，但我从你们的声音里听得出你们的情感。我被你们

◇诗人节日的主席台就是这样一片洒满光和影的土地

打动了。

"我要感谢俄罗斯作家协会把我们访俄的第一站安排在产生过杰出的屠格涅夫、蒲宁和费特的奥廖尔,并被邀请来参加你们心爱的节日,这使我一下子触摸到你们的灵魂。感受到你们依然活着的、强劲和旺盛的历史精神。一个尊重自己传统的民族令人心生敬意……"

虽然我继续说着中俄两国文学非同一般的关系,脑袋里却生出许多支岔,想到我们自己的文学多年来非传统化的思潮。我们当今的文学不是既没有历史精神也没有文学精神吗?颠覆历史与传统的黑马不是一直充当文坛英雄吗？近百年来文学史与文化史不断被"打倒一切"中断，以致我们在全球化时代很难树立起自己的文化自信与自尊了。

2002.8

美国博物馆的中国画

美国各大博物馆都藏有中国画珍品，其中两处给我印象最深。一处是波士顿哈佛大学博物馆，陈列着唐代阎立本两件作品，乃是《北齐文苑图卷》和《历代帝王图卷》，还有一件为宋代张萱的《捣练图》，都是中国绘画史上屈指可数的传世名作。过去只有从画册略见其貌，此次一睹真容，震惊不已。尤其阎立本为帝王造像，人物性情各异，却个个带着天子们非凡的威严。若非大家，绝无这样的气度。画帝王，便要有与帝王一样的襟怀；倘若仅仅以崇拜之情为之，必然流于媚气。相比之下，《北齐文苑图卷》线条较稚嫩，锋毫不入绢素，我疑此为伪本，或称摹本。

此外一幅宋代佚名的《行旅图》立轴，颇似张择端画法。

画的是几辆篷车行于深山大谷间，车夫前呼后推，驴马吃力前行。古人行路艰难，令人看后生畏。宋人中，张择端与郭忠恕都擅长舟船。郭忠恕细劲，张择端苍拙。这画用笔更近于张。车形人态，仿佛把《清明上河图》城外那几辆车移来的。虽不一定是张择端之作，却是宋画中不可多得的杰作。

另一处是印第安纳州伯明顿博物馆。那日下午在印第安纳大学讲课，午间闲暇，苏珊问我是否要去看博物馆。美国人请人去看博物馆，被认作是最高雅的款待。这博物馆为贝聿铭设计，屋顶几个巨大玻璃斜面，使得馆内光线柔和又无投影。没想到这个仅有五万人口的小城，博物馆里竟然收藏如此丰厚。在一角落发现一幅，题为宋代李伯时《文殊洗象图》。假画无神，真画抓眼。这画叫我呆呆站了十分钟。

中国画在美国，不单博物馆有，别处也能发现。美国作家包柏漪同我到一家文物拍卖行去逛。一幅明代林良的中堂大轴，所画是其拿手的芦雁。国内很难见到这样的佳品。标价仅仅六百美元，不过一个工人四分之一的月薪，便宜得使人惊讶得要叫出声来。

国内人常以为中国文明史五千年，美国建国不过二百余年，美国人势必视中国艺术价值连城，其实不然。原因是美国与欧

◇冯先生自绘插图

洲文化背景相连,相近的文化血缘则有亲切感。历史相通便易于心灵沟通,因此更注重欧洲文化。往往一个维多利亚时代的首饰盒就成千上万美元。中国与美国远隔重洋,历史上很少文化沟通,美国人对中国所知极少,大多出于好奇,很少有识货的。美国人对历史中的二百年这个数字,有概念;对于八百年和两千年的差别,没概念,只不过都是"很久很久"而已。芝加哥的历史博物馆把齐白石的照片注为"清代人物"。大概因为齐白石蓄长须、穿长袍,貌似古人吧。

1987.7.29《今晚报》首发

老东西

美国有一种古董店真稀奇,摆的并非古董,不过是些旧货旧物,标价却异常之高。在西部一个小城古董店里,有个空的可口可乐瓶子,价钱竟达五十美元。这店若在中国,准被认作是疯子开的。我问老板为什么如此奇贵,老板瞪大眼瞅我,用

◇冯先生自绘插图

像我们谈兵马俑时那种神气说:"老东西呀!三十年以前的!"

老东西在美国,无论是在公共场所还是家庭,都是拿来引为自豪的。我在芝加哥到一个美国人家去串门,一位老妇人领着我参观她的房间。她指着吊灯、家具、奶罐、地毯、梳妆镜、壁炉架和拐杖说,这也是老东西,那也是老东西。老东西是没错的,但顶老也不过一百二十年。她指指墙上一张褪了色的照片,照片上一个胡子像鸟窝的老者,站在一辆旧式带烟囱的老爷车前面,神气好呆傻,显然还不适应那时刚刚发明的摄影。老妇人问我怎么样?我说:"连镜框也是老的。"老妇人听了,快活得用胖胖的掌心直拍手。

美国不过二百多年历史,对古董的观念与中国全然不同。中国人视古董为宝,美国人没有古董,只有老东西。这些老东西被他们视为精神财富的一部分,即对过往消失的生活的一种缅怀。这和中国把古董作为宝的价值观不同。其实历史不在于长短,你老祖宗的画像并不比他母亲的遗照更珍贵。谁的历史沟通着谁的今天,各人关心各自的历史。对于美国人,老东西也就是古董了。

在美国到处可以见到对老东西发狂的爱。那些最现代最豪华的饭店,也要将几十年前的老东西请出来,神佛一样供着。比如当年烧煤用的大铁钩,砍肉用的大板斧,装酒用的大木桶。老的城区地图和旧的电影招贴画也镶在镜框里,当作古画一般挂在墙上。昔日生活朴素深沉的风韵就压住了现代物质奢华的浮躁感。我没见过任何一个美国人家,把日本高级日用电器摆在显眼地方,以此向客人夸口的。

大峡谷有家旅店,特意拿出一间房做展室,向旅客展览它七十多年的店史。用文字配上一些发黄变暗的旧照片,说明它最初创业的艰难。同时还展览当年客人吃饭用的木碗木盘以及侍者当时的穿着。女侍者黑衣白裙,头扎方形白布巾,颇似修女。旅店现在的家具一律仍用老东西,并以此为贵为荣。住在这店内确实别有一番情致。

虽然它仅仅两个世纪的历史,但这历史被他们搞成了立体的,完全融进现代人的精神需要中。历史是发生过的,它是一大宗不动产,但只有成为人们精神生活必不可少的,才能化为无穷无尽的财富。对于重精神的人来说,物质能化为精神;对于重实际的人来说,精神财富仅仅作为物质存在。

1987.7.25《今晚报》首发

最好读的历史书

无论到美国任何地方,那里的主人都会问你:"要不要到博物馆看看?"初听以为美国历史短,便拿博物馆当宝贝。可是看了一些博物馆,就会自责。单纯凭思想公式判定一件未知的事物,常常出错。凡事最好亲眼看看。

我在纽约著名的大都会博物馆转了一上午,居然连一个埃及馆也没走出去,好大!原先对埃及脑袋里只有金字塔和狮身人面像。这里看到的是从远古直至九世纪阿拉伯化之前古埃及文化的珍品。古埃及人的想象力和创造力令我震惊、发呆。我想起美籍华裔诗人许达然一句精彩的话:"科学是发现,艺术是创造。"从这里我才知道,古埃及文化所达到辉煌灿烂的高度,并不低于中国古代文化的成就。当天下午因为要去现代艺术博物馆看画，余下一小时，一溜小跑把英国馆、西班牙馆、中国馆跑过，还有十多个馆没看。大都会的庞大和富有真是难以想象的！各国古物应有尽有。中国馆内有座苏州园林，庭院、花竹、溪桥、花砖墙一如虎丘景致；英国馆中间展室布置成维多利亚时代古色古香贵族豪华的居室和餐室，据说都是从英国买来的整间房子，包括极具文物价值的家具、灯具、壁画、雕像乃至石柱和房檩。一个美国年轻人在大都会内转一个星期，从这些真实稀罕的古代实物中，可以饶有趣味地了解到整个世界各个国家的全部历史和文化。我对陪同我去大都会的美国朋友

◇冯先生自绘插图

说:"这是一本好读的历史书。"

博物馆最多的要算芝加哥和华盛顿,历史、文化、科技、风习、艺术、自然,包罗万象,又分门别类,可以说是个"博物馆群"。芝加哥博物馆中最使我感兴趣的是历史文化博物馆。比如介绍美国邮政史部分,连最早的邮箱、邮袋及邮递员的制服帽子车子都收集来。展览是从大文化观念出发,宗教、教育、风俗、服装、建筑、饮食等无所不包。不同时期的物品一概俱全。我很惊奇,这些在生活中早已淘汰掉的东西从哪里收罗来的?博物馆的征集人员可谓神通广大。徜徉其间,如同走进二百年活生生的美国生活里。

华盛顿的航天博物馆天天挤满参观者。从人类最早的飞行物到第一只载人宇宙飞船,都陈列其中。包括两次世界大战所用的军用飞机都悬吊在大厅顶子上。头一只宇宙飞船和一辆小汽车差不多大小,人只能坐,不能站,更觉最早的太空探险者的艰辛、勇敢和伟大。这些博物馆方式很活,有的有活人表演,有的旧机器可以操作给人看。花一美元就能租一个廉价录音机,戴上耳机,边看展览边听解说。想多看看就关上,要听就打开,很方便。大多展览都配合电影介绍。波士顿郊外的布莱斯顿独立战争博物馆,把当时的文献照片和画片拍成影片,配上音响,比起呆傻的图片加文字说明有感染力多了,使人如身临其境。那些古物陈列室光线幽暗,甚至全黑,却有一束束光静静投照,愈显神秘与珍贵。有气氛,人便能进入遥远的历史中去感受,没有感受就会拉开距离。

纽约的华美协进会请我去看一个别致的关于中国的展览,名字叫"中国石头展览"。展品有各样中国名贵的怪石,大都为古物,还有石雕、石印和石砚,以及善画奇石的陈洪绶、金冬心等人的作品。从"石头"这一角度打开神秘的中国古老文化之窗,构思确实别致,有趣味性。美国是个移民国家。当今美国文化就是本土的印第安文化和欧洲文化、墨西哥文化、非洲黑人文化的大汇合。美国人的观点是拼凑在一起才是最好的,对外来文化很少持排斥态度。

我有个奇特的发现:各国博物馆都收藏中国文物,唯独中国博物馆不收藏外国文物。中国人在博物馆里看来看去全是自己。造成这现象是一种传统的文化封闭观念:不看别人的,便认定自己最好。

1987.8.5《今晚报》首发

在大阪市立美术馆内的断想

一、何故又重逢？

一阵急雨把我逼进大阪市立美术馆内，来不及看看这座因皮藏中国古代艺术品而驰名于世的美术馆的外貌。但一晃之间，隔过飘飞的丝丝雨幕，看见"日本·中国的美术常设展"的展牌，就足以使我激动了。

春天里，我为《三寸金莲》英译本的出版在美国一些大学演讲。途经堪萨斯州时，听说那里的美术馆也因收藏中国文物甚富而闻名美洲。前去买了票进门一看，大脑里出现一个巨大的惊叹号。且不说展出的中国历代名画上溯到南宋的夏圭，单说新石器时代的彩陶和北魏的石造像，数量之浩大，品质之精美,在国内各大博物馆也从未见过!我在那间展示北魏造像宽阔的展厅里,徘徊于凿刻在巨石上种种神情怪异的佛像之间,一双双眯缝而莫解的双眼透过漫长的历史烟尘静静地望着我,使我脑袋里除去那个惊叹号还装满神奇的想象,这感受至今难忘。整个看展览期间我只情不自禁反反复复说一句:"妈的,美国佬!"

当我听说大阪市立美术馆的中国文物一样庞大精美时,便由京都急匆匆赶来。转天我就要途经大阪新开张的关西机场回国了。

我不想重复描述脑袋里再度出现惊叹号时的感受——老实说,这感受还有些不好受。我只想说,许多原以为藏在国内的中国名画,竟在这里出现!比如唐代王维的《伏生授经图》,五代李成的《读碑窠石图》,宋代燕文贵的《江山楼观图》,元代郑思肖的《墨兰图》、龚开的《瘦马图》和钱选的《品茶图》。这些画常常出现于国内书刊上,谁知它们竟客寓大阪?

李成的《读碑窠石图》曾于四十年代刊载在《故宫周刊》上,肯定原为故宫所藏,何时何故东渡扶桑的?

李成是唐宋之间承先启后的一代巨匠,被后世奉为"百代楷模"。他所创造的云头窠石和蟹爪树，瘦硬清冷，其境寒远，宋代的大画家郭熙、王诜、许道宁等都是他的传承者。《读碑窠石图》应属他的典型之作。李成为人个性极强，珍视自己的作品，拒绝显贵们的索求，所以传世的画作非常少。宋代米芾说他见到的三百件李成的作品，只有两件真迹，余皆伪品。画史上甚至还有一种"无李论"的说法，认为历史上并无此人。由宋至今，时近千载，大阪市立美术馆所拥有的《读碑窠石图》已是绝无仅有的李成的画作，堪为中国的国宝了。

另一幅《墨兰图》的作者郑思肖是宋末元初的遗民画家。他因忠诚故国，拒绝与元朝合作，为历代文人景仰。他曾有诗云："纵使圣明过尧舜，毕竟不是真父母。千语万语只一语，还我大宋旧疆土！"其悲壮之情颇为感人。他的画也多做此隐喻。他善画兰，历来传说有二：一说他画兰故意露根在外，以示国土沦丧，无根可扎；二说他根本不画根，暗喻自己在元朝土地上无根可生。这幅《墨兰图》是"无根兰"之说的铁证。此画作于元代大德丙午年（1306），此时宋朝亡后已然二十余年，可见他故国之情依恋犹长。这样的中国名画中的罕世精华，又是何时何故经何人之手而流落此地的呢？

据说大阪市立美术馆所藏中国书画主要来自收藏家阿部房次郎。这位阿部房次郎是东洋纺织株式会社的社长，对中国的艺术酷爱近痴。他请来内藤湖南和长展雨山两位中国书画鉴赏家做顾问，帮助他辨识真伪，摘取精华。搜集的中国历代书画杰作达一百六十幅。我查过阿部房次郎的生卒——他生于1868年，卒于1937年。那么他的收藏品肯定不是来源于日本侵华时掠去的文物，而多是在本世纪初收集的。辛亥革命前后，中国社会长期混乱，文物精华不被国人珍视而四处流散。海外的一些有识者乘机弄去，美国及欧洲各处博物馆所拥有的中国文物大多得益于这一时期，使我惊讶的倒是数量如此巨大、品质如此精湛！怎样一车车载运又一船船航运，搬到他们各自的家中？

一尊东魏的交脚菩萨像正面对着我，曲眉弯目，似含讥笑，嘲讽我这炎黄后人不爱家珍，致使他流落异乡……我们还不该做些反省吗？

中国历史数千年，文化艺术光辉灿烂，举世皆知。然而在破坏自己文化方面，我们不也是"头一流"的吗？缘故何在？在于我们既有文化，亦无文化。有文化，是指五千年的创造与积淀；无文化，是指很少文化意识。对自己身边的文化视而不见，任其损坏和消亡！请问每个国人家中有多少五千年文化的影子？我们多像一个家道败落的贵族后裔，房子成了空壳，徒具一个豪门气派，还在自豪，自恋，自我陶醉，而真正具有价值的文化却在自生自灭。苛刻地说，这是中国文化史的一个侧面。倒是西方人和日本人更有文化意识。在中国人无视自己的文化之时，中国文化被他们搜珍猎奇搬走了，而且当作伟大的东方文明的见证物，恭恭敬敬陈放在博物馆中，并精心保护。我看着，心情极复杂，自怨、妒忌、气愤，也为这些文化珍品的幸存感到庆幸。如果这些宝物一直在国内，可能早被革命的大扫帚扫进"历史的垃圾箱"了。我将我这一矛盾心情告诉一位朋友。这位朋友笑道："中国的文物放在哪里也是中国的。再说，人类的文化应该属于全人类。"

我听了觉得有理。刚要点头，却又想到，我们永远这样阿Q式地自寻安慰吗？

二、泾渭何时才分明？

身在大阪市立美术馆内，面对中国与日本的古代艺术，那感觉好似站在没有界标的国境线上，不知哪是哪国。一样的草木、土石和溪流，何以区分？

如果把展品中日本平安后期的《神护寺经》与中国南宋吴说的《伏生授经图跋文》并放一起，把日本奈良时代的铜像立佛与中国隋朝开皇六年（586）的石雕佛像并放一起，把日本江户时期久隅寺的内景与中国明代徐渭笔下的水墨坡石并放一起，它们何其相似！如果再看看那些陶器与漆器，不是专家一定会混淆。由此可以看出，古代日本曾经怎样生吞活剥中华文化，同时不能不敬佩他们模仿到如此"神似"的能力。这种模仿力显示了一种崇拜，一种虔敬，一种认真又执着的学习精神。

单就佛教艺术而言，中国虽自东汉即已传入，勃兴时代却是魏晋南北朝时期大规模制造佛像。然而中国早期（主要指北魏）的造像带有本土的道教的意味，而且由于人们对异教传来的佛教充满神秘感，佛像面孔多是窄脸细目，长脖瘦身，表情冷峻而奇异。在形式上也没有褪尽外来色彩，衣纹叠折稠密，俗称"排线"，为印度的犍陀罗式和笈多式。但这时日本尚未大举学习中国佛教，来自北魏的影响就很小。直到飞鸟时代，日本举国信奉佛教，此时中国已是唐朝。唐朝是中国的盛世，社会生活具有极大魅力，佛像的造型便趋向世俗化。衣纹采用写实手法,与现代生活中人的服装没有区别了。特别是佛像的表情也俗人化,喜怒哀乐,一如真人。当时日本不断派遣工匠艺人入唐学习造像;鉴真渡海赴日,不仅带去大量佛像,随行弟子中也有造像高手,故日本佛像多是唐代风格。难怪中国人常常会把日本佛像错当作华夏古物。只是日本少石多木,佛像极少石雕,除去铜铸,多为木刻。

日本的传统绘画(也称日本画)受到中国的影响更深。一样的工具,纸笔墨砚,包括绢素与颜料;一样的装裱样式,无论条幅手卷,还是通景;一样的格式,以至题跋与印鉴;一样的题材分类,比如花鸟、山水、佛像与人物仕女;更重要的是一样的用笔、用墨、构图、透视乃至情趣。日本画一直没走出中国画的圈子。

但是,我在大阪市立美术馆内分开陈列的中国与日本的艺术之间,反反复复进行比较。开始时觉得日本艺术只是中国的仿制品,进而感到日本好似中国艺术的一种不舒服的变种。待我撇开"中国人的视角",从日本的民族精神加以认识,渐渐发现中日艺术貌合神离,全然是两种不同的艺术和文化。这一认识过程给我一种发现的快感。

这里所藏日本名画以室町、桃山和江户时代为多，相当于中国的明清时代。

中国明代画坛为两大潮流所覆盖。一是承继宋代遗风的院体绘画，忠实于现实物象，讲求功力，严谨的写实风格，这一潮流不仅拥有戴进、吴小仙、张平山、吕纪等名家，居于画坛首席的"明四家"中的仇英与唐寅，也是这一潮流的中坚。另一潮流是文人画，强调个性抒发，不拘形似，讲究笔情墨趣，多为写意画法，代表人物则是沈周、文徵明、董其昌等大师巨匠。这两股潮流到了明末清初，前一股平歇下来，后一股弥漫中华画坛，几乎一律是一任性情的水墨。在大阪市立美术馆中国绘画展室中，这一历史过程被展现得异常鲜明。明清大家们都有作品被网罗到这里，而且都是一流之作。林良和吕纪花鸟的"大气象"，董其昌和陈继儒的温文尔雅，高凤翰和李鱓的清新快意……使我在异国沐浴到一次中华文化迷人的春雨秋光。

有趣的是，日本画在这一时代亦是如此。一方面是一如明代院体画严谨精整的画风，一方面也是抒发心头灵性与笔墨情趣的文人画。但沉下心往里一瞧，分明是地道的日本货了。

比如桃山时代狩野宗秀（1551—1601）的《四季花鸟图》，

是画在泥金屏风上通景形式的工笔重彩花鸟画。方法和技法无疑都是从中国院体画那里直接搬过来的,但水边的竹笆——这种生活内容却是日本的。此外画中用来表达秋意的红叶,也是日本人所钟爱的秋之象征。倘若再看惟杏赞的《丰臣秀吉像》、葛饰北斋的《退潮捕鱼图》、矶田湖龙斋的《美人图》这些描绘日本人生活的图画,谁能说是中国画?中国人用油画技术描写中国生活的作品能称作西洋画吗?

更鲜明的日本画,应该是那些不单表现日本生活而更注重表达日本精神的绘画。

突出之作是室町时代佛后柏原卿内侍画的《新藏人物语绘卷》和江户时代白隐的精品《过桥图》。这两幅都是水墨写意画,用笔洒脱,墨色明快,题款用日文,而且已经不依照中国画题跋的格式了,造型全部融入天真烂漫的意味。日本人崇尚自然,即大自然的和谐与天成。尤其《过桥图》,是幅禅图。几个僧侣在过山谷绝壁间的独木桥,寥寥数笔,人物俯仰坐卧,一任自然,好似枝上的鸟儿或线谱上的音符,轻快生动,险境无险,意味无穷。且不多谈画中的禅意,单从笔墨形式上看,日本人已经摆脱开来自中国的格式,用笔用墨不讲求功力,更注重天趣与自然。日本的书法也是如此。这种把自然作为最高的审美追求和审美境界,已是不折不扣的日本的艺术了。

我听到过一些中国书画家指责日本书画"没有线条"和"不讲笔墨",显然他们错把日本画当作中国画来要求,完全不懂日本人自己的艺术精神。这是一种由于无知的误解。

一旦我们看出日本人的自然观与艺术观,中日艺术便如同泾渭一样清晰地分开。一条载着灿烂的阳光,一条披着银样的月光,走向各自的理想国。我刚刚走进大阪市立美术馆,面对日本与中国的艺术,好似站在河流的交汇处,一样的光和影,一样的波腾浪滚,混沌不清,心头迷茫。现在——好了,大河分流,分道扬镳,窅然远去了。

1993.10 首发

图书在版编目(CIP)数据

域外古艺 / 冯骥才著. —杭州:浙江文艺出版社,
2022.7
ISBN 978-7-5339-6848-9

Ⅰ.①域… Ⅱ.①冯… Ⅲ.①游记-作品集-中国-当代 Ⅳ.①I267.4

中国版本图书馆CIP数据核字(2022)第080151号

责任编辑	关俊红
责任校对	萧 燕
责任印制	张丽敏
装帧设计	水玉银文化
营销编辑	宋佳音
数字编辑	姜梦冉 诸婧琦

域外古艺

冯骥才 著

出版发行	浙江文艺出版社
地　　址	杭州市体育场路347号
邮　　编	310006
电　　话	0571-85176953(总编办)
	0571-85152727(市场部)
制　　版	浙江新华图文制作有限公司
印　　刷	浙江新华数码印务有限公司
开　　本	880毫米×1230毫米　1/32
字　　数	140千字
印　　张	8.5
插　　页	2
版　　次	2022年7月第1版
印　　次	2022年7月第1次印刷
书　　号	ISBN 978-7-5339-6848-9
定　　价	78.00元

版权所有　侵权必究